L'Aube naît du chant des oiseaux

Charlotte
Sagorin Colet

L'Aube naît du chant des oiseaux

CALMANN LÉVY

Publié sous la direction
de Delphine Mozin Santucci

Couverture
Maquette : olo éditions
Illustration : tableau de Laurent Colet,
Le Dos, 1992 © Laurent Colet

ISBN 978-2-7021-8172-0

À mon éternel,

À nos deux joyaux,
Max et Julie.

« Je ne crois pas en Dieu mais j'ai le sens de l'infini. Nul n'a l'esprit plus religieux que moi. Je me heurte sans cesse aux questions insolubles. Les autres ne sauraient être posées que par des êtres sans imagination et ne peuvent m'intéresser. »

Robert Desnos

La faux

Il y a cinquante-deux jours, mon amour est mort.

Le 1er septembre, vers six heures trente, le téléphone fixe sonne, faisant effraction dans mon sommeil, pas assez fort pour que je puisse répondre, suffisamment pour que ma conscience attrape la sonnerie comme une main saisit une balle. Je tourne la tête, j'ouvre les yeux : son oreiller est vide.

Je sais. Je ne sais pas que je sais, mais je sais : ma gorge se serre, c'est maintenant. C'est maintenant que le pire s'annonce. Instinctivement, je rationalise, je m'interdis de dramatiser, je jette l'angoisse par-dessus bord. Elle revient comme un boomerang. La lumière orange du cadran annonce un message. J'écoute.

Fred s'étonne. Laurent, on t'attendait sur le décor à six heures ce matin, j'espère que tu vas bien.

J'espère que tu vas bien. Lui aussi, il sait. Il n'ose pas savoir qu'il sait, mais il sait. Il sait que Laurent est toujours en avance, il sait qu'il préviendrait s'il ne s'était pas réveillé, il sait que Laurent se rend aux studios en scooter. Il sait et, en appelant, tente de conjurer le sort.

Je fais la même chose. J'envoie un SMS : appelle-moi, mon amour. C'est un refus de l'évidence que j'aimerais magique. Un appel au sort. Une prière qui se cabre devant l'impensable.

Mon corps se lève, se dirige vers la douche, se savonne, s'essuie, se passe une crème sur le visage, s'habille, saisit le téléphone. Fred décroche. Il sait pour de vrai : un accident, les secours, l'hôpital Mondor à Créteil.

Mon corps prépare le petit déjeuner. Mes mains saisissent la bouilloire, déposent deux tartines dans le grille-pain et deux bols sur la table, ouvrent le frigo… avec une précision lente, une attention concentrée. Je suis une horloge suisse.

Quand j'étais gamine, à vingt ans, je partais régulièrement en stage de formation pour le sauvetage de victimes de catastrophes naturelles avec le Corps mondial de secours. Pendant plusieurs jours, je m'essayais à devenir une sauveteuse bénévole susceptible d'intervenir lors d'un tremblement de terre ou d'une inondation, et je passais mes vacances à désincarcérer, brancarder, étayer, construire des téléphériques de fortune, faire du rappel, des massages cardiaques et autres joyeuses missions avec une tripotée de camarades aussi idéalistes et concernés que moi. Concernée, je l'ai été jusqu'à ce que je rencontre Laurent et que ma mission principale, sans qu'elle soit formellement décidée, devienne celle de l'aimer et de construire une vie avec lui. Il ne me reste que peu de choses de cette vieille aventure, si ce n'est une phrase de notre directeur technique qui, soucieux de faire entrer dans nos jeunes têtes que notre mission reposait d'abord sur notre sécurité propre, nous balançait régulièrement à travers sa grosse barbe grise : un sauveteur mort est un sauveteur con ! Manière synthétique et redoutable de nous faire comprendre qu'un sauveteur sans casque ou avec la moitié de son matériel oublié dans la panique était inutile et dangereux.

C'est à cette phrase que je pense en prenant ma douche et en préparant le petit déjeuner. Inutile d'arriver tout en cheveux, paniquée et le ventre vide. Pour accompagner Laurent, à défaut de le sauver, je dois être propre, droite, concentrée, rassasiée, et calme.

Avec le même sang-froid, je réveille Max, notre fils. Mon chéri, il est sept heures, papa vient d'avoir un accident sur le trajet de son travail, il est à l'hôpital, j'ai préparé le petit déjeuner, je voudrais que tu m'accompagnes. Ma main caresse ses cheveux, je crois. Son regard s'accroche au mien, la gravité passe de mes yeux aux siens.

Comment nous sommes arrivés en voiture à l'hôpital, je ne saurais vraiment le dire. Ce dont je me souviens, c'est de ma concentration. Je mets à distance une potentielle hémorragie imaginaire pour préserver au mieux notre sécurité, je respire doucement, évacuant par instants de gros soupirs pour tenter de détendre ma cage thoracique, mes mains s'accrochent au volant, mes yeux à la route et aux panneaux de signalisation, mon cœur à celui de mon fils.

Un gardien nous signale l'entrée du parking, je demande à Max de retenir aussi l'emplacement de la voiture. Deux cerveaux valent mieux qu'un. Dans tout ce qui menace de nous échapper à partir de maintenant, je ne voudrais pas qu'en plus on se retrouve paumés et hagards dans un parking en fin de journée. L'instinct de survie est déjà là.

Aux urgences, on nous indique la salle de réveil. Nous reprenons espoir. Une salle de réveil, comme son nom l'indique, est une salle où l'on se réveille.

Mais la salle est vide. Attendez dans la petite salle en face, une infirmière arrive.

Max et moi nous asseyons. C'est là que la soif apparaît.

On se regarde, on regarde la pièce, on fixe une chaise ou le rouleau de papier sur une tablette. On gamberge en silence, on se tient la main, on se frotte un bras, on souffle.

L'infirmière finit par arriver, à petits pas. Doucement, elle nous dit qu'on l'a emmené faire un *bodyscan* pour évaluer les lésions.

Elle dit « inconscient », elle dit « le casque est endommagé », elle dit « camion ». Nous l'écoutons, sonnés. J'écoute en hochant la tête, comme une élève qui ne comprend pas bien mais qui n'ose pas poser de questions. J'ai l'attitude de quelqu'un qui veut se faire tout petit, qui ne veut rien dire pour ne pas trop en savoir d'un coup, et qui, au fond, a l'espoir que tant que la réponse n'est pas donnée, le sort n'existe pas, comme si le mot pouvait créer une réalité irréversible. D'abord était le verbe… Pourtant, les mots s'envolent malgré moi, poussés par l'inquiétude. Une question qui n'a pas eu le temps d'être formulée, qui ressemble à celle d'une enfant : il y avait du sang… je veux dire, il a perdu du sang ?

Oui, madame. C'est un accident grave.

Nous devons attendre dans cette toute petite pièce que l'on vienne nous chercher. Je pense à ma fille, Julie, qui est dans l'avion et que je dois retrouver à onze heures à l'aéroport. Il est aux alentours de huit heures et demie, elle n'a pas dû dormir beaucoup depuis New York, mon cœur se brise en imaginant son innocence à l'heure qu'il est. J'appelle son copain, Ilan, pour lui demander d'aller la chercher. J'en dis peu, je parle lentement pour ne pas l'affoler, pour ne pas l'angoisser trop tôt, pour me persuader aussi.

Puis j'appelle Galou. Ma Gaël, la sœur tant aimée de Laurent, ma sœur adoptée, un de mes rayons de soleil. Elle décroche et balance un salut ma Charlotte avec ce ton enjoué qui vous accueille les jours de beau comme les jours de pluie. À ma voix, elle sait. Elle sait que c'est Laurent. Elle dit oh non, elle dit ma Charlotte, elle dit je te rappelle, et puis elle ne dit plus rien.

Nous nous regardons avec mon grand garçon, il lit l'angoisse dans mes yeux, je les ferme, pose ma main sur la sienne, inspire, ça va aller mon grand.

Un aide-soignant vient nous chercher. Il me remet « les effets personnels de mon époux ». Dans deux enveloppes marron, sa montre pleine de sang, son alliance, ses clefs, ses cartes bleues, son portefeuille… et une fiche à signer, résumant l'ensemble et déclarant que les objets m'ont été confiés. Je signe, mécanique.

Il nous emmène, dit-il, au service de réanimation chirurgicale. Dans le labyrinthe d'escaliers, nous montons, chaque pas nous semblant une année. Je n'ai pas été inquiète quand il a prononcé le mot « réanimation ». Pour moi, naïvement, c'est un service où l'on réanime. Il nous indique des sièges, dans un couloir, nous invitant à attendre le médecin qui arrivera d'ici une demi-heure, et nous souhaitant beaucoup de « courage » et de « patience ».

Là, assise devant la porte fermée du bureau d'un médecin, j'ai soif et mon corps se met à avoir mal. Je m'étire, je touche le bras de mon fils, sa cuisse. Je m'étire encore, mais mes membres sont engourdis, lourds. Mon cœur tonne, mes yeux sont fixes, ma respiration devient petite, je voudrais bouger mais reste figée. C'est le premier paradoxe : je veux bouger, courir, et je suis inerte, incapable de faire le moindre mouvement. Au fond du couloir, sur notre droite, la porte du service de réa s'ouvre, laissant aller et venir des hommes et des femmes habillés de vert, des médecins, des infirmiers, des internes. À leur passage, ils nous regardent, nous saluent gravement. Je ne peux m'empêcher de croire qu'ils savent qui on est et leur regard dit à la fois leur désolation et la gravité de l'accident. Mon fils ressent la même chose. Je lui dis, mon chéri, je crois qu'il faut qu'on s'attende au pire, il dit je sais. Je me tais et j'imagine même qu'ils sont en train de le préparer mais qu'il est déjà mort. Aujourd'hui, je sais que je n'avais pas tout à fait tort.

Je veux fumer. J'ai le temps avant que le médecin arrive. Au rez-de-chaussée, derrière une porte de secours ouverte, un policier et une policière discutent doucement. Je prends conscience qu'ils étaient aussi dans le couloir quand on est arrivés au service de réanimation. Sur le moment, sans même me le dire vraiment, je les avais identifiés comme les proches d'un collègue qui aurait été admis dans le service. Mais en allumant ma cigarette, j'interprète leur présence autrement. Je leur demande s'ils sont de la brigade qui est intervenue après l'accident, s'ils sont au courant des circonstances qui ont mené mon mari à l'hôpital. Ils ne savent rien, c'est une autre équipe qui était sur place. Ils vont vous appeler, madame, mais pour le moment, ne vous inquiétez pas de ça, c'est la brigade accident de notre commissariat qui gère cette affaire, ce qui importe c'est la santé de votre mari. Soyez près de lui, c'est ça le plus important, le reste, on s'en charge.

Leur ton est délicat, doux, presque amical. J'entends la compassion dans leur voix, l'inquiétude sincère. En remontant vers le couloir, j'ai la sensation qu'ils en savent plus qu'ils ne le disent, et leur empathie appuyée, bien qu'elle me touche, m'inquiète.

Ils sont restés toute la journée, tous les deux, dans un recoin du couloir de l'hôpital. Les jours qui ont suivi, le commissariat appelle régulièrement le service pour avoir des nouvelles de Laurent. Il m'a fallu plusieurs jours pour comprendre pourquoi.

Le médecin arrive, nous entraîne, Max et moi, dans une petite salle de réunion où il s'installe face à nous. Le teint mat, brun, yeux sombres et vifs, il est beau. Il croise les doigts, ne sourit pas, demande si Max est mon fils, quel âge il a, dix-sept ans, bien. Alors, il va dire les choses désagréables, je ne sais plus si c'est le mot désagréable qu'il a choisi, mais, et il insiste là-dessus, je ne dois pas perdre de vue, malgré ces choses désagréables, qu'ils vont tout faire, tout ce qui leur est possible, pour le sauver. Et les mots s'enquillent, accompagnés d'un regard franc, dense, concerné, laissant un espace de temps à autre pour s'assurer que je comprends, accrochant mes yeux comme s'il lisait en moi les différentes strates de l'intégration des informations, comme suspendu à ma respiration et à mes pupilles.

Le tableau clinique est une hache lancée sur un tronc.

Le choc contre le camion a été frontal. Il est en coma initial. Savez-vous ce qu'est un coma initial ? Imaginez le coucher de soleil : quand il est à son zénith, vous êtes conscient, quand il est parvenu à la ligne d'horizon, vous êtes en coma initial. Entre les deux, il y a plusieurs stades, mais depuis le choc, mon amour flotte sur l'horizon. C'est le premier signe de gravité.

Au scanner, il n'y a pas d'hématomes visibles au cerveau. Max souffle de soulagement, pour lui, c'est bon signe. Mais le docteur M. ne le laisse pas espérer longtemps. Non, ce n'est pas bon signe. Cela signifie que c'est l'ensemble du cerveau qui a souffert. Le phénomène d'accélération ou de décélération provoqué par la violence du choc casse les neurones. Les lésions sont difficiles à observer, les dégâts compliqués à évaluer. Deuxième signe de gravité.

Et enfin, votre mari a fait un arrêt cardiaque. Pendant trois minutes, alors que son cerveau était en détresse, le sang ne l'irriguait plus.

Au moment où sa tête a le plus besoin de son cœur, celui-ci lâche.

Le médecin continue, dessinant le fil rouge des jours qui suivront. À ce stade, nous ne pouvons dire dans quel état il se réveillera, ni même s'il se réveillera. Ce que nous allons faire, c'est combattre l'œdème du cerveau, tout le reste est secondaire. Dans les jours qui viennent, vous allez entendre peut-être qu'il a de la fièvre, qu'il fait une embolie pulmonaire, qu'il va mieux, puis moins bien, tout ça, c'est secondaire, le plus important pour le moment, c'est éviter l'œdème. Car l'œdème du cerveau entraîne la mort cérébrale. Il peut aussi faire un arrêt cardiaque.

Nous sommes en train de le préparer pour le bloc. Il n'y a rien à attendre de l'opération, nous allons juste dans un premier temps réduire la fracture de son front qui compresse le cerveau et installer des sondes qui nous permettront de contrôler l'état de la pression.

Vous allez pouvoir le voir avant qu'il ne passe au bloc.

Les mots sont abrupts, froids, cliniques. Mais les yeux du médecin semblent constamment considérer avec délicatesse la douleur qu'il nous inflige contre son gré. Sa voix est douce et il pose les mots comme s'ils étaient des bulles de savon. Il a le souffle court. Il a l'air d'un démineur.

Il se tait. Face à lui, les épaules basses et les mains entre les genoux, nous nous taisons. Je me perds dans son regard désolé, me repassant en boucle les mots entendus qui se sauvent et reviennent, un bal de mots qui dansent et ne se laissent pas saisir. Je suis glacée malgré la chaleur étouffante de cette petite salle, et j'ai soif. Je devrais hurler, je devrais balancer les tables et me jeter par terre, et je suis là, stupide et gelée, et je dis : d'accord. Merci. Il se lève et, comme si je me mettais à prier Dieu, je lui dis : faites tout ce que vous pouvez, vous savez Laurent est quelqu'un de vraiment bien, c'est un type vraiment chouette, je sais que vous ferez exactement au mieux comme avec n'importe quel patient, mais… vraiment c'est quelqu'un de formidable. J'ai immédiatement conscience de ressembler à une élève de cinq ans qui implore le maître de lever la punition infligée injustement à son amoureux, et je me sens pathétique, infantile, terrifiée et livrée au désespoir comme si j'étais entourée de loups.

Quand le médecin repart au chevet de Laurent, je regarde mon fils qui peine à retenir ses larmes. Je l'attrape par la nuque, pose mon front contre le sien. Je n'ai pas de mots. Moi dont le métier, psychanalyste, est d'en mettre aussi précisément que possible pour tenter la guérison, je suis sèche comme le désert. Je voudrais trouver des mots rassurants, lui dire en y croyant que tout va bien se passer, trouver le mot juste, le mot miracle. Mal nommer les choses ajoute au malheur du monde, répète Camus. Cela veut-il dire que bien les nommer ajoute à sa merveille ?

Je regarde mon fils. Les mots sont inutiles dans l'absurde. Hier soir, en se couchant, Laurent me disait bonne nuit mon amour. Il y a une semaine, nous étions encore à Berlin tous les deux, crapahutant dans la ville comme deux adolescents, amoureux, joyeux et drôles. Et ce matin, il est entre la vie et la mort, et nous sommes là, Max et moi, misérables, assommés, menacés du pire. Je ne ressens rien, aucune peur, aucun chagrin, juste une envie brusque de dormir et une tension sourde dans le ventre. Je me lève et je marche un peu dans le couloir : mon corps est recroquevillé, mes pas sont tout petits, comme si mes pieds n'avaient plus de place pour se poser. Je me redresse et mon dos me fait mal. Je me dis, aussi étrange que cela puisse paraître, que je sens ma moelle épinière flamber. Au bout de quelques nouveaux pas, je me rends compte que je suis à nouveau courbée, comme rétractée. Je marcherai ainsi pendant trois semaines, petits pas de souris et dos courbé, comme une petite vieille. Au premier jour, j'ai mille ans.

J'appelle Sam et Catherine, nos vieux amis. C'est Sam qui décroche. Laurent, accident, camion, entre la vie et la mort. Il crie oh non, il dit ne bouge pas, on arrive.

Puis, après avoir raccroché, c'est le tour de Mélanie, mon amie, ma sœur. Puis Jean-Pierre, mon frère choisi, Jean-Pierre qui a perdu Chantal deux ans et demi auparavant, que nous avons accompagnée jusqu'à son dernier souffle et qui nous a appris à mourir…

Recroquevillée comme un vieux torchon qui a séché chiffonné, je fais les cent pas, les cent petits pas, le téléphone collé à l'oreille. Ma gorge me fait mal tant il est difficile de dire, pour être audible, sans fondre en larmes.

Sur le tournage, Fred et l'équipe sont choqués, comme arrêtés dans un train en marche. Je ne peux les rassurer, je n'en ai pas la force.

C'est le moment, Laurent est prêt à être emmené au bloc. C'est le moment d'aller ensemble dans la chambre où il… où il quoi ? où il dort ? où il repose ? où il meurt ?

Max et moi passons la porte du service de réanimation chirurgicale. On suit l'interne, une belle jeune femme brune, on ne regarde pas ce qui se passe dans les petites chambres ouvertes, habitude que l'on conservera instinctivement pendant six jours.

Max passe devant et on entre dans la minuscule chambre. Avant même de poser le regard sur mon homme, je suis frappée par l'odeur, une odeur de métal rouillé mélangée à celle des détergents antibactériens.

Il est là, intubé, allongé les bras le long du corps, un drap jaune jusqu'à la poitrine. Cathéters, saturomètre à l'index, respirateur, mon amour est assisté et surveillé par la technique médicale qui fait des bips et des courbes. Ses paupières fermées sont violacées, son visage est gonflé comme s'il pesait cinquante kilos de plus, son front est caché par un amas de gaze saturée de bétadine, ses narines remplies par des mèches de gaze, et son torse, bien qu'il respire grâce à une machine, ne bouge pas... C'est lui et ce n'est pas lui.

L'interne me dit que son visage est cassé, ce qui explique l'œdème apparent. Ses joues, son front, son nez, cassés, sa mâchoire, enfoncée... Tout ça est secondaire, dit-elle, tout ça se répare. Après. Plus tard.

Je le regarde, je regarde Max, qui fixe son père avec intensité, la respiration minuscule.

On nous propose une chaise, je m'approche. Je ne sais pas ce qu'il sent. Je ne sais pas s'il sent quelque chose. Je ne sais pas si ses oreilles m'entendent, je ne sais pas si autre chose de lui peut m'entendre. Où es-tu, mon amour ? Peu importe ce que je sais ou ce que je ne sais pas de l'endroit où tu es, là maintenant, ce que je sais c'est que je t'aime et que je ne peux que te parler, te toucher, te réconforter. Je regarde ton corps et je sens l'urgence de le sentir encore chaud. Je m'accroche à cette idée que la vie y est encore, repoussant la sensation de l'inéluctable qui semble avancer comme l'ogre aux bottes de sept lieues. Je te touche, et commande à ma peau d'enregistrer, de rendre éternelle cette sensation car je sais que bientôt ma main sera vide, ton corps, froid, et que c'est maintenant que je dois prendre tout ce qui m'est possible, car demain, il se peut que tout soit terminé de façon irréversible. Je te regarde, j'imagine l'effroi que tu as ressenti, la détresse que tu vis de te sentir arraché de nous, de ta vie, de l'amour que tu veux continuer à nous donner. Je ne veux pas que tu me devines effrayée, dévastée. Je me sens droite pour toi, pour que tu puisses saisir que le tangible existe toujours et que tu peux t'y appuyer. L'absurde ne peut abîmer notre complicité, notre manière de nous aimer, de nous parler. Alors, je te touche la joue, je t'embrasse les yeux, et je te dis que pour ne pas te mentir, tu as vraiment une sale tronche, mon amour. Je sais que si tu m'entends, le ton de ces premiers mots va te ramener à ta maison, à ton phare après la nuit noire de cette tempête glaciale, que dans cette mer où subitement tu ne reconnaissais plus rien, la chaleur intime de la maison fait irruption et tend une bouée connue sur laquelle tu peux compter. Je te rassure : on va bien s'occuper de toi, ici. Je suis là. Nous sommes là. Je t'aime, mon amour. Je t'aime tellement fort. Je te touche, je pose ma main sur ton torse à travers les aiguilles, les tuyaux et les bouts de sparadrap, te caresse les bras, le ventre, les joues… J'ai vu le médecin, ton cerveau est abîmé, le choc a été très violent, tu as fait un arrêt cardiaque, ils vont t'opérer cet après-midi pour réduire la fracture de ton front et installer des sondes pour contrôler la pression dans ton cerveau. Julie est sur le chemin, elle arrive, tu vas pouvoir l'entendre.

J'insiste sur la bonne impression que l'équipe me fait. Puis je ne dis plus rien. Je te regarde et mes larmes coulent, je sais que tu ne les vois pas. Je te regarde et je ne comprends pas ce que je vois. Max a pris ta main, celle qui est libre de tuyaux et d'aiguilles, celle avec laquelle tu dessinais encore hier soir, assis sur le fauteuil du salon, pendant que le plat que tu nous avais préparé mijotait. Il la serre, te parle, te dit qu'il est là et qu'il t'aime. Mon cœur se brise devant la souffrance qui lui est imposée à seulement dix-sept ans. Puis il fixe ton visage et ne dit plus rien, les larmes silencieuses glissant en cascade. Tous les deux nous sommes là, comme deux malheureux, hébétés, comme roués de coups devant ce lit dans lequel tu as l'air si présent et si loin. Les minutes sont des siècles, lourdes et suffocantes, et j'aimerais qu'elles durent toujours.

Max lâche ta main, t'embrasse, te dit à tout à l'heure. Je voudrais m'allonger contre toi, poser ma tête sur ta clavicule et ma jambe contre les tiennes, entendre ton cœur dans mon oreille, te serrer et te sentir chaud contre mon corps tout entier, mon nez dans ton cou comme hier, comme il y a vingt-quatre ans et trente-six jours, comme il y a encore quelques jours à Berlin… Je voudrais me confondre avec toi, te garder à jamais à l'intérieur de moi, t'aspirer tout entier.

Les soignants sont discrets, viennent et repartent. Je les entends poursuivre leur existence de réparateurs de vie cabossée. Ils s'activent, se parlent doucement, parfois rient entre eux. Ce service dégage une atmosphère sacrée, sans pour autant être triste ou en dehors du monde. Une antichambre lumineuse où calme et urgence ne sont pas des paradoxes. J'ai l'hôpital en horreur, pourtant. Souvent, je le trouve hostile, bruyant et irrespectueux. Mais ici, je me sens comme contenue, rassurée, intégrée malgré mon rythme et mon désordre. J'espère que toi aussi, mon amour.

J'ai soudain l'idée que ma présence peut t'empêcher de te reposer. Peut-être, au bout du bout de ton enfer, bloqué sur ton île inconnue, tu guettes au loin les signaux de ta vie connue, de l'amour qui te lie à l'extérieur de toi. Peut-être que cela t'épuise et t'empêche de te concentrer sur tes ressources vitales. Quelle marge de manœuvre as-tu, mon amour ? Peu, j'imagine… mais si j'étais en train d'accaparer le peu d'énergie qu'il te reste ? À moins que ma présence, la sens-tu, te nourrisse et élargisse la petite flamme qui se bat en toi ?

Je pose ma joue contre la tienne. À tout à l'heure, mon amour. Repose-toi. Concentre-toi sur toi, sur la tension qui ne doit pas faire enfler ton cerveau… Ne te préoccupe de rien d'autre que de toi, à l'extérieur je m'occupe de tout. Repose-toi, crois en cette équipe, ils sont dignes de notre confiance… À tout à l'heure, je reviens avec Julie.

Lorsque je traverse le service pour rejoindre la porte qui mène au couloir, je titube. Mon corps contredit ce qu'il connaît depuis toujours, ma trajectoire réduit à néant ma volonté de marcher droit. J'en suis étonnée sans vraiment en être surprise, je sais, ce que j'écris est paradoxal, mais le paradoxe, je vais l'apprendre, règne en maître dans le chaos. Je ne résiste pas, je continue à marcher, j'observe la scène comme si c'était une autre qui la vivait. J'ai tellement soif.

Une fois la porte du couloir franchie, je bois des litres d'eau. Je ne le sais pas encore, mais cette soif durera plus d'un mois. Pendant les longues journées qui ont suivi, j'ai bu au moins trois litres d'eau par jour. Au départ, j'ai mis cette soif sur le compte de la chaleur à l'hôpital. Mais elle a duré bien au-delà.

Sam et Catherine arrivent avec leurs yeux gonflés, leur mine qui dit l'absurde et la désolation. Je me jette dans leurs bras, je les serre, les enlace, les respire. Ils sont comme deux blocs qui me portent. Comment font les êtres piégés dans l'enfer qui ne les connaissent pas ?

Et enfin ma fille. Ma Julie, notre Juju, qui ne sait presque rien, jusque-là préservée du diagnostic, qui silencieusement, la tête un peu penchée sur le côté, arrive et m'embrasse, cherchant dans mes yeux une réponse aux questions qu'elle se pose depuis l'aéroport. Elle ne dit rien, elle écoute, observe, la peur au bord des yeux. Hier soir, elle prenait l'avion avec son amie Helena après un séjour passionnant à New York, toute pleine de souvenirs, pressée de les partager avec sa famille, et la voilà à l'hôpital Mondor, coupée dans l'élan vital et joyeux de ses vingt et un ans, et prête à aller au chevet d'un père qu'elle a quitté dix jours avant, à l'aéroport de Roissy, quand elle nous a conduits vers notre vol pour Berlin. Qu'elle était fière de nous y emmener, riche de son permis décroché quelques semaines auparavant. Et aujourd'hui, alors qu'elle est encore un peu dans le transit du voyage, en plein décalage horaire, la vie la somme d'être prête à affronter le pire. Le destin n'a pas de pitié pour les innocents.

Je l'accompagne vers son père. Juste avant, devant la porte du couloir, je la prépare, je lui fais le rapport de ce que j'ai pu voir de Laurent, de son visage, des appareils et de ce qu'a dit le médecin. Au seuil de la porte, son pas marque un arrêt avant qu'elle entre dans la chambre. Elle s'assied près de lui, je les laisse ensemble.

Puis c'est le bloc. L'opération va durer trois heures, on nous conseille de rentrer, sans nous l'imposer, on nous appellera si quelque chose se passe. Je comprends que ce quelque chose veut dire quelque chose de pire.

Alors il faut sortir de cette antichambre, de cette île qui est la vie sans l'être, où le temps est suspendu, augmenté, étiré. Où les émotions sont comme hurlées dans un feutre épais. Il faut repartir dans le bruit, la lumière, la brutalité du monde extérieur.

Ce monde est invisible : je sais que je marche, que je fais attention en traversant, que je prends la main de mes enfants, que je réponds quand Sam et Catherine me parlent, mais je me laisse guider par mes amis sans rien voir de ce qui se passe autour. C'est comme si le monde avait disparu. Comme si je devais apprendre à marcher, concentrée sur mon équilibre et les choses immédiates qui pourraient surgir ou me détourner de la trajectoire engagée. À moins que ce ne soit exactement l'inverse, une hyperconscience du monde, d'un monde trop présent, trop fort, qui passe à travers moi comme si mon enveloppe était poreuse, comme si ma peau avait disparu et que le vent, le bruit, les gens pouvaient me traverser et emporter mon esprit sans que je puisse rien y faire.

Au restaurant proche de l'hôpital, je regarde ce que j'ai commandé avec dégoût. Encore un de ces paradoxes. Je sens la faim, physiquement, mais l'idée de manger me donne la nausée. Je me force tout de même. Un sauveteur mort est un sauveteur con.

Sam prend les choses en main. Sam est comme ça. Il a besoin de comprendre, de savoir, de contrôler les choses. Son tempérament me rassure. Il appelle le commissariat, veut savoir ce qui s'est passé, où ça s'est passé, pourquoi ça s'est passé. Il connaît bien Laurent. Laurent est prudent, Laurent est intelligent, Laurent n'est pas un type qui se fout de mourir. La policière ne veut pas lui donner d'informations, l'enquête est en cours. Il insiste, je suis en face de son épouse, dites-moi au moins ce que vous savez. Elle refuse, il s'agace, il finit par raccrocher.

Les enfants et moi sommes impuissants devant sa colère, touchés de son amour qui prend la forme d'une plainte rebelle contre le sort. Nous pourrions envier sa flamme, mais nous sommes loin. Nous sommes battus.

La policière me rappelle sur mon portable. Elle s'excuse de ne pas pouvoir nous en dire davantage. L'enquête est en cours et elle ne veut pas émettre d'hypothèses qui pourraient être contredites par la suite. Elle accepte de me dire que l'accident a eu lieu entre 5 h 30 et 5 h 45 ce matin, pas sur l'autoroute, mais à Champigny-sur-Marne. Un des jours suivants, j'apprendrai par Fred, le collègue de Laurent, qui s'est rendu sur les lieux, que l'accident s'est produit à la sortie de l'autoroute, au croisement de la nationale, à quelques centaines de mètres des studios. Mon amour s'est tué à moins de deux minutes de son lieu de travail. Ça ne change rien, c'est vrai. Cela donne juste l'impression supplémentaire que le destin est cruel. Ce qui est faux, en vérité. Le destin n'est pas cruel. Il est juste con.

L'heure nous indique que Laurent n'était pas en retard. Ce qui ne m'étonne pas, il était toujours en avance, même ce jour-là. Mais même en retard, il n'aurait pas commis d'imprudence. Alors quoi ? La fatigue, l'inattention ? La faute du tiers ? Ces questions disparaissent au fur et à mesure qu'elles sont pensées. Je tente de les reformuler, je cherche à y répondre, mais elles s'effacent à nouveau, comme des formes dessinées à la gouache sur une vitre battue par la pluie.

Le lendemain, je me suis rendu compte qu'en fait je ne voulais pas savoir. Connaître les circonstances suscitait un effroi insupportable. Savoir, c'était pouvoir se représenter l'accident, imaginer la réalité, se mettre à la place de Laurent sur son scooter, penser à sa frayeur, sa douleur, imaginer le bruit, la violence du choc... Je n'étais pas capable de ça. Pas à ce moment-là. Je ne voulais pas savoir pour ne pas être envahie par autre chose que lui, sa vie, sa présence provisoire, son corps encore chaud. Je ne voulais pas qu'on me vole en plus mes derniers moments avec lui.

En rentrant à la maison, je regarde à travers les vitres de la voiture le jour qui commence à griser. J'ai préféré laisser conduire Catherine et je sens la fatigue comme s'il était minuit.

Au moment où je veux lui indiquer le chemin en sortant du périphérique, chemin qu'elle connaît par cœur pourtant, pendant quelques secondes je ne reconnais plus rien. De l'inconnu surgit à la place du connu, encore un paradoxe qui vient parler de l'absurde, comme si soudain je me retrouvais dans une faille spatio-temporelle. Un entre-deux, un lieu qui marque l'espace entre la vie et la mort, peut-être.

À la maison, je suis nulle part. Je parle, je fais du thé, je souris aux enfants, je les prends dans mes bras, j'écoute, mais je voudrais disparaître et me réveiller dans hier. On commande des pizzas, on se tient chaud. Les images de cette soirée m'arrivent sans dialogues, sans continuité. Mélanie, ma sœur, mon soldat, passe la porte de la maison et je fonds dans ses bras. Sam et Catherine s'en vont, il est plus de minuit. Les enfants vont se coucher. Je pleure, je dis que c'est très grave, que les médecins sont inquiets, je parle du cerveau, des neurones cassés, du coma initial, je m'emballe… Mélanie me dit qu'ils ne savent rien, que c'est trop tôt, que les dés ne sont pas jetés, elle est un butoir à mon désespoir. Elle se trompe, mais elle me calme. Rémi, son compagnon, nous rejoint, il dit que je dois me forcer à manger, à dormir. Manger, dormir, c'est le plus important, dit-il, sinon tu ne vas pas tenir. D'accord.

Puis Gaël et Thierry arrivent de Nice. Ils ont roulé tout l'après-midi. Je raconte la journée, une nouvelle fois je répète ce qu'a dit le toubib. Cela m'aide à intégrer. Et puis, c'est le seul sujet qui m'intéresse. Pour longtemps. Ma belle-sœur et mon beau-frère m'écoutent, muets de stupeur, chaleureux, droits.

Et je tombe de sommeil. Il est deux heures du matin, on peine à se séparer pour aller dormir. Pourtant, mes yeux se ferment et je bascule dans un gouffre en quelques secondes.

Depuis le matin, je n'ai pas été seule une minute. Pendant les jours qui vont suivre, je vais voir la maison se remplir, à en être pleine comme un œuf. Je vais être soutenue, prise en charge, jusqu'à l'étouffement parfois car, d'ordinaire indépendante et autonome, je serai comme un canard sans tête, épuisée, me laissant faire comme un chiffon. Mais ce soir, la première nuit sans lui à mes côtés, je ne peux supporter l'espace froid et vide près de moi. Quand je tourne la tête, son oreiller me murmure qu'il ne s'endormira plus là. Alors cette nuit, et les suivantes, je prends sa place. Celle du mort.

Calée sur son oreiller, je balaie du regard les objets sur sa table de nuit. Des livres, des bandes dessinées, une petite pile qui l'attend. Sur le dessus, *Les Chutes*, de Joyce Carol Oates. Je parcours la page cornée, celle qu'il a lue hier soir avant de s'endormir. *Les Chutes* est l'histoire d'une veuve. C'est le livre qu'il n'a pas terminé.

J'éteins la lumière et je m'endors presque simultanément.

Je passe la nuit la plus atroce de ma vie.

Je n'avais jamais connu l'angoisse qui vous réveille par surprise. D'abord une vague, physique, un serpent qui me prend, me mange le ventre et m'arrache du sommeil. Je me rendors, la fatigue écrasant mon crâne comme une presse. Puis une autre vague qui semble partir des pieds et monte en feu vers la gorge, me réveille, me laissant étourdie, effrayée et débile. Je me rendors. À nouveau, le serpent. Une nuit entière torturée par un produit de moi-même, sur lequel je n'ai aucune prise. Combien de fois le serpent est-il venu me mordre, cette nuit-là ? Combien d'images de couloirs d'hôpital parcourus ?

Je me réveille tout à fait à 5 h 35. Impossible de refermer l'œil. Je me réveillerai quatre nuits d'affilée à cette heure précise. À la cinquième, je décide de ne pas regarder l'heure. Je ne veux pas que mon cerveau fixe cette heure comme une heure sacrée.

Dans la matinée, mon amie Sandrine m'apporte, en plus de son soutien, de ses bras et de son écoute si attentive, une boîte de Xanax. Un demi et le serpent est mort. Un demi et il ferme sa gueule, me laissant dormir au moins cinq heures d'affilée.

Et c'est la deuxième journée d'hôpital qui commence.

Juste avant de partir avec ma belle-sœur et mon beau-frère, je reçois un appel de Xavier, le producteur exécutif du film sur lequel Laurent travaille. Il vient prendre des nouvelles, s'excuse de me déranger, me dit qu'il est là, que toute l'équipe est avec nous, que le tournage est bouleversé, que si j'ai besoin de quoi que ce soit… Comme il est doux de savoir que le monde est aussi fait de gens comme lui.

En raccrochant, je me dis que je vais le partager avec Laurent quand je le verrai. Il a passé la nuit, n'a pas fait d'arrêt cardiaque, l'hôpital n'a pas appelé, c'est peut-être bon signe.

Pour l'espoir, tu repasseras. À peine sommes-nous arrivés que le médecin qui a pris le relais auprès de Laurent demande à nous voir dans la petite salle de réunion.

Le docteur C., la quarantaine, barbu, a veillé Laurent depuis le départ du docteur M. Les nouvelles ne sont pas très bonnes. Le cerveau continue à gonfler malgré les thérapeutiques qui sont au maximum. Et puis, deux des quatre artères qui irriguent le cerveau ont été endommagées pendant l'accident, ce qui empêche le sang de circuler normalement. Il faut attendre pour se prononcer sur la suite. Gaël et Thierry écoutent le médecin, assommés, sidérés. Je tente une question : que peut-on espérer ? À quoi avons-nous le droit aujourd'hui ? Comme si le faux espoir était une menace plus dangereuse que la mort. Il répond qu'on ne sait pas, que parfois on pense des choses et que c'est l'inverse qui se produit, que le cerveau est un organe compliqué, trop compliqué. Et puis il explique des choses gentiment, des mots sortent de sa bouche, que je tente de saisir comme des perles pour faire un collier cohérent. Mais je ne comprends rien, la seule chose que je sens, c'est mon besoin de pousser la porte du service et d'aller voir Laurent.

La journée s'égrène comme un mois. Tous réunis, nous squattons la petite salle de réunion, accueillant quelques amis qui viennent voir Laurent. L'intimité est dense, on se serre, on s'embrasse, on parle de lui. Fred, Romain, Pascal, ses frères de déco sont remplis de leur devoir immédiat d'être auprès de moi et des enfants. Je sens leur présence, leur désolation, leur sincérité, leur chaleur. Je sens qu'ils sont des hommes qui lui ressemblent : peu de mots mais des actes déjà promis dans leur regard droit. On ne vous laissera pas tomber. Ils ne l'ont pas fait.

Les instants que je passe auprès de Laurent sont comme des failles hors du temps. Je pourrais presque croire que le temps est ralenti, dense, qu'il vaut double. Je le regarde encore et encore, je lui parle, le rassure, le touche, lui raconte qui vient, qui viendra. Je me vis comme scindée en deux : une part de moi ne croit plus en sa survie, a conscience que les derniers moments vécus ensemble sont ceux-là, que c'est dans cette chambre d'hôpital que notre vie se termine, en ce moment même. Une autre part se choisit ignorante, donc crédule : je ne sais rien, je te parle parce que je ne sais rien. Je ne sais pas si tu m'entends, je ne peux pas savoir que tu vas mourir, je ne sais pas donc je continue à te toucher, à t'encourager, à tenter d'y croire. Des allées et venues entre ces deux parties sont impossibles pourtant, espérer et craindre en même temps est impensable. Alors je marche sur la frontière qui sépare les deux zones, sur cette crête dont la largeur est infime et le sol labile, je suis sur un fil.

À la fin de la journée pourtant, devant son corps machinisé, je m'assois près de lui et je m'effondre. Mes pieds glissent dans la zone qui sait, et cette aire est un gouffre. C'est comme si je percevais le fil qui le retient à ses jours, comme si ce fil tendu était sur le point de rompre, comme s'il s'efforçait de tenir mais qu'il se sentait partir. Perception du désespoir, de la peur qui s'invite malgré notre courage, ou trace invisible d'un savoir intime, je suis comme poussée à lui dire que je sens son courage, que j'imagine le tremblement de son âme à résister au glissement. Ne t'en fais pas mon amour, je suis là, je suis forte, je vais assurer pour nos enfants. Je souhaite au plus profond de moi que tu restes avec nous, je n'imagine pas ma vie sans toi, je sais que tu luttes et je te sens tenir, vouloir encore, mais si c'est trop dur, si tu n'en peux plus de tenir, si tu te sens glisser et tenir encore, lâche, mon amour. Je t'aime et l'idée que tu t'en ailles est aujourd'hui impensable pour moi, oh mon Dieu, qu'est-ce qu'une vie sans toi, mais si tu as trop mal, si tu n'en peux plus de te battre et que l'issue te semble trop périlleuse lâche, mon amour, je serai là pour les enfants, j'assurerai quoi qu'il arrive. Si tu n'en peux plus, laisse-toi glisser, lâche, mon chéri. Je t'aime pour toujours, sois tranquille. Je suis là pour eux, et je serai là pour toi, toujours. Fais tout ce que tu peux, mais si tu ne peux plus, lâche, mon amour.

Mes mots s'envolent comme poussés de l'intérieur, d'un lieu que je ne connais pas. Les larmes s'arrêtent, ma voix est claire, mon cœur est calme. Je l'embrasse en lui disant au revoir, un au revoir qui ne parle pas de demain, qui pourrait l'être mais qui s'inscrit en pointillé. Un au revoir qui veut dire adieu, mais qui aussi ne veut rien dire. Un entre-deux, une crête entre un savoir et un espoir de ne rien savoir.

Je suis sortie de la réanimation et j'ai pris mes enfants dans mes bras. Ils étaient venus l'embrasser quelques minutes plus tôt. En sortant de l'hôpital, nous avons échangé sur nos éprouvés, nos sensations. Nous avons découvert que sans nous concerter nous lui avions dit la même chose : je t'aime et je veux que tu vives, mais si tu n'en peux plus, lâche. Sans nous concerter, nous donnions à l'époux et au père une liberté explicite, l'expression impensable, prématurée et sincère de notre acceptation.

Le lendemain, le médecin nous annonce qu'il a décidé d'arrêter les thérapeutiques.

Ce troisième jour, dimanche 3 septembre, le docteur M. nous convoque dans la petite salle qui jouxte le service de réanimation. La mère de Laurent est arrivée la veille au soir et y croit encore un peu. Le médecin nous demande ce que nous avons compris de ce que nous a dit le docteur C. hier.

Je résume, les artères irriguent avec peine le cerveau, qui continue à gonfler malgré tout le dispositif médical. J'ajoute l'impossibilité d'un diagnostic sûr et la mobilisation de l'équipe tant qu'une vie est possible.

Il se saisit de ma dernière phrase : c'est quoi, une vie possible pour vous ? J'imagine une vie réduite au minimum vivable pour Laurent : qu'il puisse penser, parler et dessiner.

Alors non, dit-il. On n'en est plus là. S'il se réveillait aujourd'hui, il serait dans un état végétatif. J'ai pris la décision d'arrêter les thérapeutiques car tout ce qu'on fait aujourd'hui est inutile. Le cerveau a continué à gonfler, le tronc central, donc les fonctions vitales, est en train de se désagréger, le plancher de son crâne, de s'effondrer… Je suis vraiment désolé, on ne peut plus rien faire.

Ses yeux sont luisants, il prend sur lui. Je retrouve cette sensibilité retenue, cette humanité contenue dans un ton professionnel.

L'image du cerveau de Laurent se répandant au-delà de sa boîte crânienne est insoutenable. Pourtant, je sens insidieusement une tension qui lâche, une forme de soulagement, une cohérence soudaine, la permission de lâcher prise. Et le chagrin soudain autorisé.

Mes enfants se regardent, frère et sœur de bonheur hier, frère et sœur de malheur aujourd'hui. Irène, la maman de Laurent, pose des questions, le médecin lui répond. Je n'entends plus rien. Je pense au tee-shirt que je porte, que j'ai enfilé ce matin en pensant à mon amoureux. Noir et ajusté, c'est un tee-shirt que j'avais fait faire l'année dernière avec une photo de lui, sans but précis, juste pour le faire rire. Au milieu, cette photo de lui sur laquelle je le trouvais beau comme un dieu. Au-dessus, en jaune, une phrase : « Je sais, les filles, il est beau... » Au-dessous de la photo, la suite : « ... mais calmez-vous, vous n'avez aucune chance. » Je me souviens de son sourire flatté et de sa gêne à l'idée que je le porte. Je ne l'ai d'ailleurs quasi jamais porté. Et face au docteur M., je pense à ce tee-shirt, à la beauté de Laurent, à sa modestie, à la survie nécessaire de cette beauté dans le monde, en tout cas dans le mien. Et le mien, aujourd'hui, c'est cet hôpital, cette réunion, ce médecin qui ne sait pas, et qui doit savoir, impérativement, que Laurent était beau, aimé, adoré, qu'il était unique et nécessaire au monde, au mien. Je me lève et m'adresse à lui avant qu'il se lève. Je lui dis que je veux qu'il voie Laurent pour de vrai, que le véritable visage de Laurent n'est pas celui qu'il connaît. Je remonte mon pull comme l'aurait fait une gamine en cours de sport. Ses yeux fixent le visage de Laurent, lisent le premier morceau de la phrase au-dessus, puis la fin au-dessous. Il retient un sourire et, pendant un quart de seconde, je saisis ce que je sens être une étincelle, un rire compacté interdit dans sa posture et le lieu où nous sommes, mais cette étincelle, immédiatement réprimée, se transforme en un regard intense et grave. Dans ma folie, je crois voir à cet instant qu'il saisit un morceau de l'essence de notre amour, de la réalité de Laurent, comme si Laurent avait à cet instant à nouveau un corps autonome, une vie, comme s'il était à nouveau vivant.

Nous ne reparlerons plus au docteur M. Le docteur M. soigne les vivants, combat la mort, ne l'accompagne pas. Ce sont les médecins anesthésistes et les coordinateurs qui prendront le relais.

Laurent est donneur d'organes et nous souhaitons respecter sa volonté. Aussi, nous acceptons d'attendre dans l'hypothèse d'un prélèvement.

La mort cérébrale est avant tout un cadre légal. Un cadre où l'on met en perspective des résultats d'examen face à d'autres, où l'on doit vérifier des cascades de paramètres mis en face d'autres paramètres. Une des conditions de ce cadre légal est que le sang du patient doit être pur de toute trace médicamenteuse. Avec un rein en vrac depuis que son cerveau abandonne ses fonctions vitales, mon chéri peine à évacuer les produits thérapeutiques. Il y parviendra le mardi, deux jours après l'arrêt des soins.

Mais le don d'organes est un autre cadre légal. Entre autres paramètres, l'angioscanner doit être parfaitement vide de toute activité neuronale, même infime, même s'il ne s'agit que d'un résidu électrique d'une vie qui s'éteint. Celui de Laurent montre une microcirculation, vaine et isolée. Il est mort. Son corps, dont la respiration est mécaniquement soutenue par une machine, continue à produire avec peine une circulation qui peut maintenir, à très court terme, la survie de ses organes. À travers cette circulation, une infime trace de son activité cérébrale persiste. En attendant, on finirait par la voir s'éteindre, mais on assisterait aussi à la dégradation rapide de ses organes puisque le tronc central cérébral se désagrège. Le mercredi soir, le dernier angioscanner montre à nouveau une microcirculation, l'équipe des coordinateurs décide de stopper le projet de prélèvement. Dans le cadre légal, le corps de Laurent peut être débranché, entraînant sa mort, mais ses organes mourront avec lui. Au Royaume-Uni, où le cadre légal est moins strict, un être humain pourrait vivre, à l'heure qu'il est, avec le cœur sportif de mon amour. Il aurait hérité d'un cœur endurant. Et d'un cœur qui savait aimer.

Durant ces jours d'attente, je sens mon entourage inquiet de ce que l'on nous inflige, comme une impatience qui se veut protectrice, projetant sur moi la douleur que cela devrait ajouter à mon cœur ravagé. Pourtant, cela n'ajoute rien. Je sens au contraire que ce processus légal accompagne un processus déjà si brutal d'intégration de la catastrophe. Sept jours entre l'accident et sa mort. Sept jours où j'ai pu le voir encore, le toucher, lui parler, l'accompagner. Sept jours de rabe. C'est mieux que rien.

Durant ces sept jours d'hôpital, mon entourage porte ce que je ne peux porter seule. Ma peine immense, ma cécité face à l'avenir, le sentiment que mon bonheur, cet état naturel depuis vingt-quatre ans, est en train de mourir avec Laurent. Ils sont là, comme une armée attentive et silencieuse, délicate, s'ajustant au gré de mes mots, mes silences, mes besoins, mes refus. Parfois désarçonnés par ce qu'ils observent, étonnés autant que moi de sentir mon chagrin mêlé à une force vitale qui pousse alors même que je la crois détruite. Je suis debout alors que je me crois à terre, je suis battue alors que je survis. Je m'observe, c'est aussi une déformation professionnelle, et je constate ces mouvements paradoxaux. Je voudrais mourir, me recroqueviller dans un coin et me laisser glisser dans le néant, et j'accueille les gens qui viennent voir Laurent pour lui dire au revoir, je suis émerveillée par leur amour. Je me sens poreuse, accueillant à la fois la mort avec effroi, désespoir et haine de la vie, et la vie, l'amour que je sens. Je suis découragée et courageuse, écrasée et tranquille, aveugle et clairvoyante, désespérée et émerveillée. Je passe, d'une minute à l'autre, du désespoir le plus sombre, dans lequel je hurle s'il te plaît viens me chercher, à l'émerveillement de survivre entourée de cet amour si dense. Je me sens frappée avec violence par le destin, douloureuse et quasi morte, et solide malgré moi, comme vivante à mon insu.

Et bien sûr, l'idée du suicide s'est invitée. Malgré les signes de survivance indéniables et la conscience étonnée de cet élan inadéquat, la question du sens se pose. Pourquoi survivre ? D'accord, très bien, je ne meurs pas, je sens cet essor naturel pousser à travers moi quoi qu'il arrive, et donc ? À quoi bon une existence sans mon camarade de jeu ? À ce moment-là, ma vie est un paysage de ruines où la guerre a détruit chaque maison, chaque chemin. Il y fait nuit et froid, et malgré l'amour que je ressens autour de moi, je me sens seule, aveugle et amputée. Impossible. L'idée d'un destin sans lui est impossible. La personne que j'étais est morte.

Mais cette idée s'est dissoute aussi vite qu'elle est arrivée. Les enfants. Je suis leur survivante. Il n'y a donc pas de sujet. Je vais devoir vivre.

C'est aussi simple que ça. Le devoir.

Peut-être que si je ne les avais pas eus, j'aurais trouvé un autre subterfuge inconscient pour continuer à marcher. Mes patients. Mes parents. Mes amis. Je doute aujourd'hui que leur présence et leur indéfectible soutien aient suffi. Mais je ne peux affirmer non plus que j'aurais eu le courage, l'insouciance, la rage ou la folie suffisante pour passer à l'acte. Toujours est-il que si je veux vraiment être honnête, je ne peux éluder qu'à travers les ruines, j'ai pensé à abandonner. Je ne peux faire comme si ce moment de désespoir absolu n'avait pas existé. Le devoir de vivre a été la première marche d'un processus coûteux, celui d'accepter la mort de mon amour. C'est d'abord par un surmoi fort que j'ai survécu. Un temps, il m'a tenu en vie. Un temps, j'ai subi la survivance. Un temps, j'ai haï ma vie, j'ai voulu mourir, j'ai insulté l'existence et n'ai survécu que par obligation, par procuration. Comme un fil qui me tient malgré moi, croyant que ma vie allait être cet enfer jusqu'à la fin de mes jours. Peut-être est-ce du courage. Un courage désespéré, un courage qui n'a pas le choix.

De ces sept jours, je me rappelle un bruit de ruche. Tout autour de moi, on s'affaire. On organise. Les obsèques, l'administratif, les courses, la préparation des repas, les allers et retours vers l'hôpital. Je ne vis que pour ces visites. C'est un moment de calme, d'échanges. Daniel qui raconte ses souvenirs de tournage, sa rencontre avec Laurent, la joyeuse équipe qu'ils formaient autour d'Aline, leur chef déco tant aimée. Il dit, ce n'est pas compliqué, pour former une équipe déco, tu mettais Laurent au milieu et voilà. Il raconte le duo Romain et Laurent, Tic et Tac, comme ils n'avaient pas besoin de se parler. Il raconte aussi la mort de son enfant et la cicatrice indélébile. Il dit, prévois grand pour les obsèques, y aura du monde.

Romain revient avec Sophie. Je lis dans ses yeux ce qu'il déplore ne pas pouvoir mettre en mots, son amour pour Laurent, son chagrin, son avenir de déco sans son binôme. Il regrette de n'avoir pas dit assez fort qu'un scooter, c'est trop dangereux. Son meilleur ami est mort de cette façon, il y a quatre ans. Un enfer qui recommence, une impuissance qui revient dans un destin redondant.

Daniel, Romain, Fred, Pascal. Je les contemple, me rappelant nos dimanches chez un des nôtres, Philippe, à la campagne. Ces mêmes gaillards qui buvaient du vin et fumaient en riant de leurs aventures, leurs yeux toujours accrochés à la prochaine blague de l'autre, sont pendant ces jours d'hôpital des hommes qui portent leur chagrin en silence et voudraient porter le mien en plus. Taiseux ou causants, ils emplissent de courage et de délicatesse les jours et l'espace de ce couloir d'hôpital.

Meriem et Laurent. Elle, attentive et calme, lui, en larmes, inconsolable.

Hugo, sensible et simple. Me questionnant avec sa curiosité de l'autre, toujours.

Marino, relais discret des amis, un ange incarné.

Tout ce monde vient, revient, trouve sa place dans notre famille qui attend. Les heures sont lourdes, denses, coupées par mes monologues auprès de Laurent. Tous ces jours m'ont tenue, sur le fil, nue. C'est le mercredi que j'ai réalisé que tout ça était vrai. Au moment où je suis venue lui dire au revoir, le soir.

Je m'assieds près de lui et le touche doucement sous le drap jaune. Ma paume respire sa peau avec une avidité de junkie. Encore. Encore un peu. Je pense à Piaf. Un jour, laissez-le-moi, encore un peu, mon amoureux… Je me vois supplier, hurler dans un cœur résigné, je demande l'impossible, au nom de ma foi inconditionnelle en la vie, au nom de ma bonne conduite, impuissante et criant grâce, laissez-le-moi, encore un peu, mon amoureux. Je suis prête à donner tout ce que j'ai construit, s'il vous plaît, laissez-le-moi encore un peu. Je regarde ce corps inerte qui fut lui la semaine dernière, je touche sa peau chaude, et implore…

Et le silence. Le silence et la solitude. Rien. Des bips et les bruits métalliques du service. Tout ce que nous avons bâti, tout ce en quoi j'ai cru, cette croyance infantile qu'en se tenant droits et aimants, nous serions préservés du pire, tout ceci s'évanouit là, devant mes yeux, à cet instant. Tout n'était qu'illusion. Le chaos est la règle.

La rage est inutile. À qui l'adresser ? L'impuissance me terrasse, le silence écrase mon crâne et fait plier ma nuque. Je suis battue, j'ai perdu. Mes sanglots libèrent en cascade les résistances de mon âme qui refusait d'abdiquer, secouant mon corps entier en tremblements saccadés, puis aléatoires, coupant ma respiration anarchique. Mon cœur me fait mal, au sens propre du terme. Je crois même qu'il pourrait lâcher. Je voudrais me taper contre le lit métallique pour sentir que la douleur externe fait moins mal. Je suis battue.

Il y a quatre cent vingt-sept jours, mon amour est mort.

J'ai rédigé ces premières pages et je me suis arrêtée. Épuisée.

À leur relecture, je ne peux me soustraire au constat que le fil de ma narration s'écourte juste avant le jour de sa mort. Comme s'il m'était impossible de parler du septième jour. Le jour où les médecins ont débranché la machine qui le maintenait en vie. Je dis en vie alors qu'il faudrait plutôt dire en mort clinique. Mais ce ne serait pas non plus approprié. Il faudrait créer un mot plus doux que vie végétative : une machine qui le tenait en biologie animée ou en conservation pré-mortem. La poésie peine à trouver une place quand un corps seul fonctionne.

Ce jour, appelons-le celui de sa mort, a été à l'image de la vie. Celle d'après. Beaucoup de chagrin, beaucoup d'amour. Désespoir, douceur, béatitude et chute dans un trou. Dans un ordre aléatoire.

Il fut aussi le dernier jour de ma vie. Celle d'avant.

Nous sommes autour de lui. Nous lui disons au revoir, simplement, en le regardant en silence, avant de sortir pour que l'équipe médicale débranche la machine qui le maintient en vie. Puis nous sommes invités à revenir assister à son dernier souffle.

L'écran qui affichait son rythme cardiaque a été éteint. Je demande qu'on le rallume. Je veux voir. Je veux savoir quand il meurt. Je vois alors les chiffres et les graphiques se maintenir, son cœur bat normalement pendant plusieurs minutes. Son cœur de sportif nous montre à quel point il est fort.

Puis il se met à battre plus lentement.

Enfin, le rythme chute, devient un murmure lent.

Les chiffres s'espacent.

Je me dirige vers son visage.

J'embrasse sa bouche au moment où son cœur s'arrête.

Adieu, mon amour.

Nous sortons l'un après l'autre de la chambre et j'ai l'impression de l'abandonner. Mon père me prend dans ses bras, pose son front contre le mien. Puis la mère de Laurent, Gaël et Thierry nous rejoignent et unissent leur front au nôtre. Enfin, Max et Julie quittent la chambre et viennent se blottir entre nous. Front contre front, enlacés tous ensemble comme les perles d'une même couronne, nous respirons ensemble la communion du chagrin. Un chant s'envole d'une des chambres voisines, le chant vietnamien d'une femme qui accompagne un des siens, qui surgit à cet instant et nous fait croire à l'éternité, comme si un ange était fier de son orchestration, révélant la lumière dans l'ombre. Nous nous regardons, nous embrassons, nous serrant de tous nos corps dans la voix douce de l'ange de la chambre d'à côté.

Voilà. C'est fini. Ma première vie s'achève là, le 7 septembre 2017.

Le premier qui me dit que la deuxième commence quand je me rends compte que je n'en ai qu'une, je lui pète la gueule.

Et puis la lenteur de la justice, l'institut médico-légal, enquête oblige, l'organisation des funérailles... Deux semaines en suspens. Un entre-deux. Un ancien monde qui ne s'achève pas, un nouveau qui n'a pas commencé. Deux longues semaines qui s'étirent jusqu'au 18 septembre au Père-Lachaise, un mois jour pour jour après avoir fêté ses quarante-huit ans.

La coupole est bondée, il en aurait été intimidé et surpris.

C'est là qu'on se dit adieu. Le cercueil est placé devant le crématorium, Sting chante sans Police. Mes enfants sont près de moi, leur regard comme deux béquilles qui me portent jusqu'au micro. Et je remercie. Les mots sortent comme s'ils volaient, se posant sur un fil qui semble tenir, alors que mes jambes se tendent pour que ma voix soit audible. Je me vois faire, je m'entends dire. Mon cœur veut être à la hauteur, sans notes, fier et droit.

Je repars du premier jour. Le 1er septembre, son cœur s'est arrêté. Le mien aussi. Puis il a été réanimé. Le mien aussi. Par vous. Car dans la nuit noire, la dévastation, des lumières se sont allumées, l'une après l'autre. Vous. Par votre présence, vos silences, vos messages, votre préoccupation, une armée !

Je raconte l'équipe de l'hôpital, leur humanité, leur empathie, leur compétence. Je remercie la vie de m'avoir fait le cadeau de vivre vingt-quatre ans de bonheur avec Laurent. Et je remercie Laurent de m'avoir donné autant d'amour. Je le remercie d'avoir été cet homme au regard si bienveillant, si prompt à me soutenir, à m'encourager, à m'apprendre à aimer. Je me suis sentie tellement adorée, désirée, désirante, cajolée. Ma voix ne cale pas, je suis portée par plus fort que moi.

Au revoir, mon amour, garde-moi une place près de toi pour quand je vais te rejoindre. Le plus tard possible.

Le plus tard possible. Je me souviens d'avoir prononcé ces quatre mots. Mais à dire vrai, je n'étais pas sincère. Je ne peux pas dire que je voulais en finir, mais je ne savais pas si j'allais survivre. Et je ne savais pas si j'en avais envie.

Je ne me rappelle plus les mots exacts de cette improvisation, mais je me rappelle les sensations de dignité et d'apaisement qui ont suivi. J'ai descendu les marches pour rejoindre mes enfants, j'ai lu leur admiration dans leurs yeux, je l'ai reçue comme un philtre magique qui ramène à la vie le mourant, et j'ai su qu'ensemble nous deviendrions une équipe indestructible.

D'autres ont parlé. La maman de Laurent, les amis, les voisins.

Certains avaient travaillé leur discours, ciselé chaque idée, pour rendre hommage au plus près de leurs sentiments. D'autres parlaient spontanément, le cœur dans la gorge, s'adressant à lui comme s'il était là. J'aurais pu l'entendre pleurer.

J'étais fière. Je savourais chaque phrase.

Un ami comme lui n'a pas le droit de mourir… Je n'ai jamais vu autant de talent dans autant de modestie… Un amour fusionnel… J'ai écouté, bu chaque parole, et j'aurais aimé que cela dure encore.

La faux

Nous avons accompagné le cercueil vers la crémation pendant que les gens sortaient de la coupole.

Alors qu'il glissait sur les rails, ma main est restée sur le bois aussi longtemps qu'il me fut possible.

Les portes se sont refermées sur l'amour de ma vie.

À l'occasion de la mort

Après les funérailles, tout le monde s'en va. La famille, éparpillée aux quatre coins de la France, retourne d'où elle vient. Mon père reste quelques jours et continue à se comporter comme une mère. Il fait les courses, prépare à manger, me gave de viande et de pommes de terre. Il voit bien que j'ai maigri. Cinq kilos en trois semaines, comme séchée sur place. Il est attentif, tendre, lui habituellement si pudique. Il me dit que je suis courageuse, me serre l'épaule de sa main, me regarde comme s'il cherchait à deviner quelque chose. Il cherche à savoir si je tiendrai le coup.

Je remarque ses attentions, je m'appuie sur sa présence, mais je ne me nourris pas de ce qu'il me donne. Je mange son poulet mais suis incapable de prendre cet amour si concret. C'est comme si sa tendresse s'arrêtait aux frontières de mon corps. Plus de place à l'intérieur. Anesthésie de tout. Je voudrais même qu'il parte, qu'il me laisse seule avec les enfants et que je puisse pleurer en paix, dans ma chambre où personne n'est témoin de mon chagrin. Je voudrais m'essorer tranquillement, pleurer des rivières, crier dans mon oreiller et pouvoir me sentir la personne la plus accablée du monde.

Il le comprend, il s'en va.

Je suis épuisée. Je ne savais pas ce qu'était l'épuisement. J'avais cru traverser dans ma vie des moments où le corps peine à suivre, l'énergie en berne, avec la sensation de devoir aller chercher encore un morceau de feu dans un de ses recoins, une énergie oubliée sur laquelle on remet la main. Mais je découvre que non, que l'épuisement c'est autre chose. C'est lorsque la volonté ne sert plus à rien. Lorsque même ce qui allait chercher ce petit bout de feu n'a plus la moindre force, que la lutte est inutile, qu'au fond du fond, le cœur est exsangue, la source vide.

Les mouvements sont lents, les pas petits. Les pensées n'ont pas le temps de s'accrocher, elles émergent à peine et glissent dans un espace indéfini et provisoire avant même de se former. Je suis une mécanique qui fonctionne sur une batterie d'urgence, un corps évidé, en suspension dans un réel que je ne parviens pas à saisir.

Je remarque jour après jour depuis l'accident comment mes proches deviennent des étrangers. Ils sont là, silencieux, chaleureux, toujours justes. Pourtant, plus je m'enfonce dans la réalité de la mort, plus ils s'éloignent. Leurs gestes confirment à chaque instant à quel point je les ai bien choisis, à quel point leur présence m'est précieuse. Mais petit à petit, je me sens m'éloigner d'eux, je refuse leurs invitations, j'ai de la peine à répondre à leurs messages. Ils l'acceptent, comprennent. Mais c'est exactement cela qui me sépare d'eux : la sensation que non, ils ne peuvent pas comprendre. Ils sont même tout à fait loin d'imaginer que la femme qui sourit, qui les prend dans ses bras, qui tente de tenir en leur présence n'est plus là, écrasée par un poids qu'elle ignore pouvoir porter. Dévastée, accablée, anéantie. Quel mot peut même définir cet état si violent du corps et du cœur ?

Ils font ce qu'ils peuvent, ils font même plus.

Je les vois s'organiser pour me réconforter, prendre soin de moi comme d'une bougie qu'on protège de la main. Cela me touche mais ne répare rien. Je voudrais juste dormir longtemps, me réveiller dans ses bras ou dans la mort. Je suis impuissante à m'aider, à attraper la main qu'ils me tendent. Nous ne sommes plus dans la même existence. Je vis dans une faille spatio-temporelle, une sorte de vie parallèle où je ne reconnais plus rien. Nous sommes trois à table, les bruits de la maison ne sont plus les mêmes, les gestes quotidiens qui jadis étaient des repères n'ont plus aucun sens et ressemblent à des dispositifs qui font semblant de rendre continue une vie qui n'est plus. Mes pieds m'amènent ici ou là pour faire quelque chose, un vide tente de se remplir de petites choses aussi vides… tenir.

Faire un pas après l'autre sans savoir pourquoi. Faire office de vivre. Faire semblant de continuer à exister dans l'infime espoir qu'un jour la vie reviendra toute seule.

C'est ce qu'on me dit. Un jour, la vie reviendra. Un jour, je m'intéresserai à nouveau à elle. Je ne peux y croire. Je suis coincée dans ce temps présent où tout est sans lui. Absurde.

Parfois, je tente une sortie. J'accepte une invitation si ce n'est pas trop loin de la maison. L'épuisement me pousse à l'économie. Au cours de ce dîner, j'oublie parfois, pendant un instant. Mais le retour à la réalité coûte cher. La violence du sentiment de solitude est une claque qui fait irruption en pleine conversation. J'écoute, je reconnecte avec l'intérêt que je porte à nouveau à l'autre, et puis soudain, le souvenir de mon mal tonne comme une grosse caisse. Je me réalise entourée et choyée, enveloppée de délicatesse et de chaleur comme jamais je ne l'ai été, et envahie soudain par un immense gouffre, un vide qui prend toute la place, noircit l'heure clémente et me coupe à nouveau de la vie qui se présente. Non, mes amis, malgré vos efforts et vos bons soins, vous ne pouvez pas imaginer, et tant mieux, que ma solitude passe à travers vos mots et vos regards, fabrique une frontière entre vous et moi. Elle me place dans l'incapacité de vous voir, de vous aimer, de comprendre vos projets et vos besoins. Elle est un mur qui me sépare de tout ce qui m'était précieux, et le pire est que je crois que cela va durer toujours. Une vie derrière une vitre.

Et puis taire.

Bien sûr je partage ma souffrance. Jour après jour, je deviens un laboratoire d'observation de moi-même. J'apprends à percevoir les vagues qui roulent lentement vers mon cœur ou qui surgissent sans prévenir. Je sonde mon corps lors des moments de calme où, chaque fois, je crois que c'est en train de guérir.

Chaque moment de paix est une île. Et l'épouvante qui fait effraction dans un quotidien haché est un abysse. Je passe d'un état à un autre, parfois plusieurs fois dans la même heure, je compte les vagues, je théorise ma souffrance. Et je dis à qui veut l'entendre, en boucle, comme une amnésique qui ressasse, la traversée de cette houle violente habitée par des serpents de mer sans pitié.

Mais je me tais aussi.

Je peux décrire les courbes de mes affects, les compréhensions de ce nouveau terrain chaotique et absurde, décrire comme une vignette clinique ce brassage sans lutte possible, mais la pudeur et la protection de l'autre me retranchent aussi dans le silence. Comment dire à ceux qui nous aiment qu'on a envie de mourir ? Comment expliquer que, quoi qu'il arrive, on s'en moque ? Comment exprimer que rien ne nous retient, rien ne semble assez important pour nous rendre un tout petit désir de vivre ? Comment faire comprendre que le seul lieu possible est la solitude, le vide, car ils sont conformes à ce que l'on ressent ? Comment dire que leurs mots sont du bruit, leur présence une prise en charge impossible, leur vie un miroir à votre néant ? Comment oser revendiquer le désir de fondre dans la mort, ce lieu impensable et qu'ils évitent à tout prix, alors qu'en ce temps, il est le seul souhaitable, le plus doux et le plus familier ?

Alors, je me tais. Je tente d'accueillir ce qui est, sonnée et vaincue, et une fois seule, je pleure dans ses pulls en le suppliant de venir me chercher. Ou je m'adresse à Dieu, s'il vous plaît, rendez-le-moi.

Seule, je me laisse pleurer. Je me laisse mourir de chagrin. Je sais que cela m'aide. Ce qui est à l'extérieur n'est plus à l'intérieur. Chaque jour, un wagon de larmes se remplit, et chaque soir je le vide. Des heures de larmes, mises bout à bout, chaque jour, pendant des semaines. Parfois, je me dissocie, comme si une part de moi me regardait pleurer, et j'ai pitié. Je m'apitoie, je me laisse être l'humain sur terre qui a le plus de chagrin. C'est une chose que j'apprends : le droit à avoir pitié de moi-même. C'est inhumain une souffrance pareille.

Seule la solitude m'apaise. J'apprends à la choisir.

Le quotidien, les transports, Paris, les allées et venues, les courses… m'affligent.

Je me répète en boucle la réplique de *Phèdre* : « Tout m'afflige et me nuit, et conspire à me nuire. » Je suis à fleur de peau, je déambule lentement à petits pas, comme dans un entre-deux. Je suis comme posée par hasard dans le monde : c'est lui qui crée ma vie car je suis ailleurs.

Le seul lien véritable qui m'est doux sont mes enfants. Ils partagent la même souffrance. Nous nous reconnaissons aujourd'hui dans ce nouveau commun. Nous ne nous protégeons pas. Délicatement, sans chercher à préserver l'autre de notre souffrance, nous nous parlons. Nous évoquons le père, le mari, nos victoires contre le chagrin, la synchronicité de nos progrès ou de nos désespoirs. Nous découvrons que le chagrin de l'autre ne se porte pas, qu'il se partage.

Une nuit agitée me sort du lit. Je retrouve mon fils qui prend l'air à la porte de la maison. Il est terrassé alors qu'hier il partageait des anecdotes du lycée comme si la vie montrait à nouveau une trajectoire connue. Des larmes glissent sur ses joues sous la lune qui s'en fout, je nous sens tellement misérables devant ce monde indifférent. Je ne comprends pas qu'il continue de tourner, d'avoir des jours et des nuits, de la pluie ou du soleil, alors que cet homme si précieux n'y est plus.

Je caresse la nuque de mon fils et je me sens sa sœur. Sœur de malheur, sœur de survie, sœur de courage. Il pense à son bac, qu'il doit passer dans quelques mois. Il me dit ne plus voir l'intérêt de travailler, lui pour qui le travail a toujours été source d'enthousiasme, lui si conscient de son enjeu pour l'avenir. Je l'écoute et je sais que cela passera, que ce découragement est une zone impermanente, comme notre chagrin, comme chaque moment de notre vie. Cependant, à cet instant, il n'est pas question de réencourager, de conseiller ou de projeter un futur meilleur arbitrairement promis. Simplement je l'écoute et je ressens ce même « à quoi bon ? », ce même désespoir qui, on l'oublie, n'est ni la douleur, ni la dépression, ni le chagrin. Il est le vide d'espérance, de désir, la page blanche à jamais, la nudité sans courage.

Dans cette nuit, il me fixe, son regard mouillé dans ce si joli visage sorti d'un coup de l'adolescence, la bouche et le menton qui tremblent dans les larmes : à quoi sert d'avoir un bac, de faire une école de cinéma, alors qu'il ne verra jamais mes films ?

Dans quelles ressources puiser pour répondre sans mentir, sans travestir la réalité de son chagrin et respecter cette parole désespérée tout en apportant une flamme, même toute petite, dans une nuit qui m'emprisonne aussi ?

Je reste silencieuse, ma main se posant sur la sienne, le cœur en berne. Je voudrais boire son chagrin pour qu'il ne l'empoisonne pas, je voudrais pouvoir laver son cœur et suturer la plaie, je voudrais pouvoir promettre que cela va s'arranger, mais je reste là, ma main sur la sienne, impuissante à le faire espérer. Et j'écoute, caressant sa joue.

La lune s'en fout toujours. Alors je tente un principe de réalité censé faire butoir à la mer mélancolique. Je lui rappelle qu'avant la mort de son père son désir de faire des films n'était pas de les faire pour lui, qu'aujourd'hui c'est ce qui le désespère, mais que l'enjeu en soi n'est pas la reconnaissance ou le bonheur d'un père mais de créer grâce à la matière de son vécu. Son regard est passé du vague lointain à mes yeux. Il m'a dévisagée, m'a souri, m'a prise dans ses bras et m'a dit c'est vrai. Nous sommes restés là ensemble, sonnés et conscients de cette petite victoire, et nous sommes allés nous recoucher. Un pas après l'autre.

Ma fille a le chagrin plus secret. Elle s'accroche à ses études, part à la fac toujours à l'heure, observe la maison de loin. Elle investit l'association étudiante, se fait de nouveaux amis, et plaque son fiancé qui n'y comprend rien.

C'est au bout de l'épuisement, quand elle est fatiguée de courir après une mémoire et une agilité intellectuelle envolées avec son père, qu'elle craque, surprise. Elle constate à quel point tout cela est difficile : continuer à vivre comme avant alors qu'on est en vrac.

Je l'observe se débattre et je suis fière de cette femme qui sait ce qu'elle désire, fait ce qui lui est nécessaire, et oublie ses plaies au profit de ses projets. Quand elle n'en peut plus, elle revient comme un petit chat mouillé dans le sein de sa mère. Nous parlons, nous pleurons et nous disons que nous nous aimons.

Parfois, tous les trois, nous nous asseyons au salon et faisons le rapport de nos paysages internes. Nous sommes souvent surpris de la similitude de ce que nous éprouvons au même moment, comme si le chagrin nous traversait d'une même couleur en même temps. Nous consignons nos symptômes, nos nuits hachées et un sommeil qui ne repose pas, notre épuisement qui rend nos pas si lourds et notre tête si faible, notre désir de rien, nos moments de paix qui nous laissent interdits, comme si tout à coup le temps reprenait une cadence habituelle, la mémoire qui ne semble pas revenir.

Parfois, nous rions de nos incapacités nouvelles. Dix minutes pour trouver le mot « plate-forme ». Le titre d'un film mille fois vu impossible à attraper. Le prénom même d'un ami cher, perdu dans le choc de la mort. La phrase que nous prononçons le plus durant ces six premiers mois est : je suis épuisé. Nous apprenons que la fatigue n'est rien, qu'elle est même le signe de la normalité à vivre entièrement, que l'épuisement s'entraîne comme une roue motrice sans courroie qui semble ne jamais se régénérer.

On finit par lâcher le besoin de dire à la poursuite d'un mot ou d'un nom qu'on peine à retrouver. Alors on dit seulement, bon, je ne l'ai pas, celui-là. Une connivence unique qui nous lie aujourd'hui. Celle des paumés, des perdants qui n'ont plus les mots pour dire ce qu'ils cherchent.

Le corps pense la mort à notre insu. Il change.

Je mange avec assiduité en voyant le poids se perdre au fil des jours. Neuf kilos en tout. Je reviens à mon poids d'avant sa rencontre et cela ne manque pas de m'interroger. Que dit ce corps ? Est-il en train de formuler une nouvelle jeunesse comme un oracle de ma vie future ? Est-il en train de disparaître, de fondre comme ces malades qui meurent d'une maladie intraitable ? Suis-je en train de faire peau neuve ou suis-je en train de mourir de chagrin ? Ce poids qui, année après année, m'avait enrobée, était-il le signe d'un confort affectif si doux qu'il collectionnait l'assurance et la bonhomie conformes à l'abondance amoureuse, ou celui d'une vie au repos attendant un drame pour expérimenter un chaos salutaire à la femme que je vais devoir être ?

Il me faut du temps pour admettre qu'il change sans m'avertir. Bien sûr, je vois les chiffres de la balance descendre, mais je continue à porter des vêtements trop grands. À quoi je ressemble m'importe peu.

Un jour pourtant, j'entre dans une boutique pour acheter un jean qui attire mon attention depuis quelques jours quand je passe. La vendeuse me demande ma taille, je lui donne ma taille habituelle. Elle conteste, je lui dis qu'elle se trompe. Elle me tend d'autorité un 36. J'entre dans la cabine, bien décidée à lui montrer son erreur, et lorsque j'en sors, je vois son regard bienveillant qui me scrute avec tendresse, comme l'experte qui annonce une victoire à quelqu'un qui se croit battu. Voyez, dit-elle, j'avais raison ! Vous avez maigri, c'est bien.

Je retourne dans la cabine et je m'effondre. Si vous saviez, madame, ce que ce poids perdu m'a coûté. On n'est pas préparé à la violence de ce décalage du quotidien des femmes. Il y a mille ans, je me serais sentie chaleureuse et complice de cet encouragement féminin. J'aime les gynécées où l'on cause de nos corps jamais parfaits, de nos astuces de beauté, et d'élégance toujours sublimée. Aujourd'hui, je voudrais courir au coin de ma cheminée, pleurer et demander ce poids que j'ai perdu. Rendez-le-moi, rendez-le-moi.

Je ne suis bien que chez moi. Je regarde ses affaires, je caresse ses vêtements. Je suis bien consciente qu'il ne reviendra plus. Je l'ai embrassé dans son cercueil, je l'ai accompagné jusqu'aux portes du crématorium, j'ai pleuré dans les bras de mes amis. Je sais qu'il est mort. Je sais ce qu'est la mort. Je sais que ses vêtements ne lui serviront plus. Mais je ne veux pas le soustraire à ma vie. Même si je sais tout cela, j'ai encore besoin de lui, je ne veux pas qu'on touche à ses affaires, je veux qu'il soit encore là. Un peu.

Je mets ses pulls, je dors avec ses chaussettes, je me vautre dans mon chagrin avec lui, avec son odeur, la douceur de ses cols, les peluches de ses manches. Je regarde ses dessins, les photos de notre vie, je me colle à lui, à sa voix, que je convoque dans mon cœur. Peu importe cette folie, je ne veux pas qu'il s'en aille. Je ne veux pas l'oublier, je ne veux pas qu'il disparaisse.

On pourrait croire que je m'accroche, mais je sens que c'est le contraire. Me glisser dans ses pulls, me vautrer dans son odeur m'enveloppe et m'aide à le lâcher. Comme les bébés avec leur doudou, c'est un moyen de m'aider à rendre sa disparition moins brutale. Je sais que tu es mort mais je te garde encore un peu, je te laisserai quand je pourrai.

L'automne arrive et je ne comprends pas. Je ne saisis pas pourquoi tout continue comme s'il n'était pas mort. Le temps fera ta guérison, m'a-t-on dit. Je refuse d'être guérie. Je fige les heures, j'avance lentement, comme si j'avais le pouvoir de les faire reculer. Et les feuilles tombent. Je les déteste.

Pourtant, un matin, je prends le balai du jardin et je pousse doucement les feuilles mortes en tas. Mécaniquement, comme quelque chose d'indispensable à faire. Pas besoin de penser, pas besoin d'organiser, juste prendre un balai. Un acte anodin et routinier qui se fait car c'est la saison qui m'y pousse. Une fois la tâche achevée, je réalise en mots : je vide le jardin des feuilles mortes. Je suis sonnée de cette trouvaille et je m'assois devant la porte de la maison. Le temps est maussade mais l'air est encore doux.

Et j'entends le chant des oiseaux.

C'est la première fois depuis sa mort. Ce chant est si doux qu'il me semble l'entendre pour la première fois. Pour la première fois, je revois le monde.

La semaine qui suit, je me mets à ranger, à nettoyer, à briquer, frénétiquement, malgré l'épuisement. Je me regarde faire comme si j'étais un automate téléguidé. Je jette des assiettes, des verres ébréchés, des torchons tachés, des ustensiles cassés. Je donne des objets qui m'encombrent, je fais le vide, la porte ouverte, attentive au chant des oiseaux. Je dépouille des placards, je déplace, j'époussette, je lave à grande eau.

Je déplace ses affaires, ses vêtements. Je fais des tas que j'empile dans le placard, créant un peu de place que je laisse vide. Je joue à ne pas m'en défaire. C'est la danse des places, des petits paquets. Puis j'achète des boîtes, j'y enferme ses chaussettes, ses caleçons. Et je pose les boîtes là où ils étaient.

Il me faut du temps pour le laisser mourir.

Rien de ce que je fais n'est prémédité. Je commence une chose puis vaque à une autre et une autre, pour revenir à la première. Un pas après l'autre, sans organisation.

Je suis bloquée dans le temps présent, et l'unique boussole à laquelle je me fie se trouve dans mon ventre. Je suis incapable de faire différemment. Les propositions qui viennent de l'extérieur, du dîner demain soir à veux-tu un thé, sont triées par la boussole, et la réponse est instinctive : oui ou non. Je me sens comme un funambule sur son fil d'acier, concentrée pour ne pas tomber. Regarder vers le passé m'aspire vers la mort et l'envie d'y sombrer, me projeter dans le futur me fait vivre l'effroi devant la vision d'une ville en ruine, dévastée par la guerre. Il ne me reste plus que le temps présent : un pas après l'autre. Et c'est tout.

J'ai repris le travail. Je ne sais pas comment je fais.

Mes pas me mènent à l'heure au cabinet, après des nuits d'un sommeil lourd qui ne régénère pas. J'écoute mes patients et je suis surprise de la magie de la scène thérapeutique. En ce lieu, sans aucun effort et aucun projet d'être à la hauteur, je travaille comme avant sa mort. Je suis moi-même surprise de me retrouver à cette place, sans pensées traversantes, totalement disponible à la douleur de l'autre, oubliant la mienne. On pourrait croire que je suis une sorte de héros capable de déployer une force considérable pour être digne de ma mission, mais non. Cela se fait comme ça. Dès que mes pas foulent le sol de cet espace, je recouvre la thérapeute qui faisait ce travail avant l'été. Alors qu'en dehors ma mémoire est incapable de mettre la main sur un mot simple, je retrouve l'histoire de chaque patient, reprends le fil du processus thérapeutique, fais des liens, ris parfois. Exactement comme si rien n'avait eu lieu, comme si ma vie ne s'était jamais fracassée sur la paroi d'un camion.

Ailleurs, je traîne mon chagrin, coincée dans ce temps présent, ici, maintenant, seul sentier possible pour mes petits pas. Je sens que c'est à cet endroit que ma vie est possible. Parfois même j'en éprouve de la douceur.

Dans ces moments, je me sens victorieuse, capable de tenir l'intenable. Entre deux évidages de wagons de larmes. Je pense aux bouddhistes, à la vertu du temps présent promue comme unique voie possible. Je me sens même fière de cette nouvelle habitude : avancer sans rien attendre, observer et accueillir ce qui est, se laisser faire en écoutant le chant des oiseaux.

C'est dans cette rêverie qu'un soir, après mon dernier patient, au calme de mon cabinet vide, je remplis comme chaque jour de travail le petit cahier qui sert à ma comptabilité. J'y consigne la date, le nom des patients de la journée, l'heure de la consultation et mes honoraires, ligne par ligne.

Je suis sereine, je m'apprête à rentrer sans avoir peur de trouver la maison sans lui. Un progrès. Tout en écrivant, je pense à Bouddha, à mon sentier, à la possibilité de la survie. Puis je relis ce que je viens de reporter sur mon cahier de comptabilité.

C'est alors que je découvre que depuis une semaine, je me trompe en écrivant la date des consultations. J'ai confondu l'année, et figure sur la page… l'année dernière. Le temps présent se rompt et le saut dans le passé est fatal, je fonds en larmes devant la puissance de ce désir à le ressusciter. Connards de bouddhistes.

La rage émerge à l'occasion de ces victoires déçues. Elle n'est pas encore la colère, plus élaborée, plus adressée. Cette rage, infantile, nourrie d'un sentiment d'impuissance et d'injustice, se perd dans le néant car elle ne trouve pas de responsable. Elle me laisse imbécile et accablée, butée et sans issue.

Je cherche alors à rationaliser, à trouver un sens à toute cette douleur. Je vais chercher dans mon stock philosophique une prise à laquelle m'agripper. Ce qui ne me tue pas me rend plus fort. Tu parles. Qui te fait croire que je rêve d'être une femme augmentée ? À quel titre devrais-je accepter que pour mon salut, l'évolution de ma conscience, il ait fallu la mort de mon amour ? J'enrage à chercher un sens dans le chaos, puis je lâche. Je regarde mon erreur de date, je la corrige et j'éteins la lumière. Dehors, il pleut. Manquerait plus qu'il neige.

Je sens bien que je le perds de mauvaise grâce. Je sens bien que la colère n'est pas bien loin. Pour le moment, elle n'est pas mûre – de quelle énergie pourrait-elle se nourrir ? –, mais je vois bien que je me tends à l'idée qu'il pourrait y avoir un après. J'écoute Jacques Brel, relis Dostoïevski, fuis les recettes bien-être. Et fais des petits pas, sur mon sentier étroit.

Je revis en boucle nos derniers moments. Nos vacances dans le parc national des Écrins, l'été dernier. Ce jour, face à une montagne énorme lors d'une randonnée si douce, je m'étais mise à palabrer. Regarde-moi celle-là, elle ne fait pas semblant d'être une montagne ! Regarde-la ! Elle est là depuis des milliers d'années, sera là encore dans des milliers d'autres, elle se fout de nous ! On sera morts depuis longtemps, et elle, elle sera là comme aujourd'hui.

Discourant sur l'insignifiance de nos vies à l'échelle de cette nature si vaste et si constante, j'avais fini par comprendre que j'avais peur de la mort. Comme pour conjurer le sort, je m'étais mise à crier à la montagne : j'ai peur de mourir !

Je me souviens de son petit rire. Un petit rire chargé de la complaisance de l'amour et de quelque chose que je n'ai pas cherché à décoder sur le moment. Aujourd'hui je ne saurais dire si ce quelque chose d'autre était une prémonition inconsciente ou seulement un morceau d'effroi à m'imaginer morte.

En repensant à cette montagne, je me rends compte que sa mort m'a lavée de cette peur, celle de mourir. Profondément, quelque chose a changé. Mourir n'est rien. Mourir fait partie de la vie.

Dit comme ça, cela paraît con. Mais le vivre dans ses cellules apporte quelque chose de doux, de réel. Cela n'empêche pas le chagrin, celui-ci vient et revient. Mais cela permet de ne plus se battre. Ni contre lui ni contre rien.

Au cours d'une autre balade, j'avais trouvé une pierre en forme de cœur. Je la lui avais tendue et lui avais dit, si tu m'aimes, emporte-la à Berlin. Il l'avait prise en souriant vaguement et l'avait mise dans sa poche.

La semaine suivante, nous étions à Berlin depuis deux jours quand un soir, sur mon oreiller, trônait la pierre de la montagne. Je l'avais oubliée. Aujourd'hui encore, elle est sur ma table de nuit.

Je revois nos escapades dans la ville, nos petits déjeuners, nos bières sur les pelouses où flotte un air de jeunesse libre, nos rires à tenter de parler une langue que nous avions oubliée depuis le lycée ou de déchiffrer un menu où figurent trente sortes de saucisses, nos nuits si délicieuses…

Ces images reviennent encore et encore, et je cherche à saisir le moindre détail de ces instants, de peur qu'elles jaunissent et disparaissent.

Je me repasse, en parallèle d'un présent dévasté, les dernières semaines d'une vie qui n'est plus. Je suis éparpillée dans ces morceaux mémoriels, construisant un sanctuaire en mon sein, et je ressasse à celui qui se trouve là ces pérégrinations internes. Je parle, je rends compte, je cherche à mettre des mots devant un public attentif, parfois inquiet et silencieux. Je ne sais pas vraiment ce que je dis, et à qui je le dis. Je répète les choses avec ce doute de l'avoir déjà dit à celui qui est là. J'en éprouve quelquefois un semblant de honte. À peine. Je ne m'embarrasse plus vraiment du jugement de l'autre, je n'en ai plus les moyens. Je distille une parole éclatée sans en vérifier la chronologie ni l'adresse. J'étais un continent, je suis un archipel.

L'accident revient en boucle. Je cherche à imaginer ce qui s'est passé. La police ne me donne aucune information car l'enquête n'est pas bouclée. Je vais devoir attendre sept mois avant d'être convoquée au commissariat et d'obtenir des éléments fiables. En attendant, mon imagination, mélangée aux dires parfois contradictoires des gens de l'équipe du tournage, tente d'assembler des pièces d'un puzzle infaisable. Je ne connais pas le trajet et je ne suis pas à même de prendre la voiture pour aller sur les lieux. J'ai peur, une peur blanche.

Un soir, je me rends avec mes enfants chez des amis en banlieue. Ils y habitent depuis peu de temps et je n'ai pas mémorisé le chemin.

Le GPS m'indique donc la route. Tout en parlant avec les enfants, je rate une sortie. Me voilà donc perdue, mais la voix du GPS m'indique un autre itinéraire. Je sors de l'autoroute et me retrouve sur un rond-point inconnu. C'est à ce moment-là que mon corps se met à trembler.

Je m'agrippe au volant, une peur envahit mon sang, mon menton se crispe, je n'arrive plus à penser et j'ai soudain envie de pleurer comme une enfant égarée dans un bois sombre. Machinalement, paniquée sans en comprendre la cause, je fais plusieurs fois le tour de ce rond-point sous le regard médusé des enfants. C'est en voyant un panneau indiquant les studios de cinéma que je réalise que je suis sur le lieu de l'accident.

Comment cette chose se produit, je ne me l'explique pas. Je fuis. Je prends la première sortie et je me mets à respirer comme après une noyade.

Je n'y retournerai qu'accompagnée, en sortant du commissariat, des mois plus tard. Sept mois ont été nécessaires pour que j'accepte de fouler la terre sur laquelle il a été tué.

Mes amis sont en colère contre cette enquête qui n'avance pas. Chacun y va de son interprétation, arguant que Laurent était un homme prudent et calme qui ne pouvait pas avoir grillé un feu rouge, ou alors il a fait un malaise, ou alors… Les hypothèses tournent dans ma tête et s'écrasent contre le mur de l'impensable. Toutefois, au fond de moi, j'ai la conviction qu'il n'y est pour rien. J'attends sans espoir et sans effort. Je ne ressens aucune colère contre ce jeune qui conduisait l'autre véhicule. Pour moi, c'est le destin qui l'a tué. On a été arrachés. C'est cela qu'il faut que j'encaisse. La colère viendra plus tard.

Le quotidien s'égrène jour après jour, semaine après semaine, et je suis toujours vivante. Cela me paraît absurde. Je ne comprends pas ce qu'est cette vie, je ne comprends pas ce que j'y fais. Je continue à marcher, allant d'un repère à un autre. La routine fabrique ma vie et je me laisse faire.

Les nuits sont des trous dans lesquels je tombe. Parfois, je me réveille et je suis comme surprise, comme arrêtée alors que mon cerveau était en pleine mise à jour. Pendant des mois, je suffoque en plein sommeil, comme si, alors que je suis endormie, quelque chose mouline en fond. À chaque fois que je me réveille, j'ai le sentiment que j'interromps un travail souterrain en cours, qui se fait tout seul, et qui se montre seulement lors de ces arrêts nocturnes. J'ai l'impression que quelqu'un travaille à l'intérieur de moi sans que j'en sois avertie. Le matin, je me lève comme si je n'avais pas dormi.

Un mois après sa mort, malgré l'épuisement, je recommence à lire, le soir, avant de tomber. Je cherche à me réapproprier les morceaux de moi qui m'ont toujours portée. Mais je peine à m'appuyer sur les mots. Ils ne sont plus une nourriture. Festins jadis, ils sont comme des amuse-gueules à peine goûtés. Comme les amis, ils restent derrière une vitre sans m'atteindre, sans me toucher au cœur, sans entrer en résonance. Tout m'ennuie. Jusqu'à ce qu'une amie me souffle *Je suis restée vivante*, de Joyce Carol Oates. Alors que j'avais moi-même lu *Les Chutes*, je ne savais pas que l'autrice américaine avait écrit un livre à la suite de la mort de son mari,

Ray, avec qui elle a vécu quarante-sept ans. Sans enfants.

À travers ses mots, la description de l'effroyable perte et de la souffrance qu'elle traverse pendant des mois, elle devient une sœur, une amie que j'ai plaisir à retrouver car elle sait, elle, de quoi je souffre. Elle met des mots sur ce qu'est ma douleur, elle décrit sans fard et sans pudeur inutile le serpent qui la taraude chaque jour. Mes amis s'étonnent. Tu ne veux pas lire autre chose ? Laissez-moi pleurer, c'est le temps des larmes, ne me tirez pas vers la vie, je veux rester immobile, avec Joyce. Elle me comprend. Elle sait ce que mon cœur endure. Laissez-moi éprouver ce destin.

Elle raconte qu'une de ses amies proches lui dit un jour, sans gêne, au cœur de ces jours les plus sombres : souffre, Ray en valait la peine. Cette phrase, probablement choquante et morbide pour ceux qui ne savent pas, est un onguent sur ma plaie. Une autorisation, une vérité de cœur à cœur, une évidence qui ne cherche pas à transformer la douleur de l'autre, un anti-faux-semblant de soutien qui ne soutient rien et qui laisse l'autre dans une impuissance à faire autrement.

Un soir, alors que je suis avec Joyce, mes yeux s'arrêtent, comme s'ils ne pouvaient plus suivre le trajet des mots de gauche à droite, comme si mon regard butait sur les lignes. Ma respiration s'accélère, je ne comprends pas. Je commande à mes yeux qui restent inertes, comme s'ils se heurtaient à un mur invisible incrusté dans la page. Je ferme les yeux pour leur donner le temps de repartir, la respiration affolée. Et, dans le fond de mes paupières, je vois Laurent, assis dans le fauteuil de notre salon, là où il avait l'habitude de dessiner, la tête dans les mains, accablé. Il regrette, se tourmente, il a du chagrin de nous avoir laissés, il pense à moi, aux enfants. Je sens mon cœur s'ouvrir et se remplir de chagrin. Mais ce n'est pas le mien. C'est le sien. Je reconnais l'empathie qui me lie à lui, exactement comme du temps de son vivant, quand il me faisait part d'une angoisse ou d'une blessure. Puis il lève la tête et dit : Je ne l'ai pas vu arriver, ce connard.

J'ouvre les yeux. Ma respiration redevient calme. Mon cœur est ouvert et bat à rompre ma cage thoracique.

Je ne comprends pas ce que je vis. Mon cerveau se met à produire des explications rationnelles. Il me manque, donc mon inconscient me donne ce dont j'ai besoin. J'hallucine par trop de douleur. Pourtant, j'étais calme, sans émotion particulière, tout entière à ma lecture, et ce qui vient d'arriver n'a rien de commun avec une hallucination. La rationnelle en moi se débat, refusant de se fier à ce que son cœur lui tend. Il me faudra des mois pour accepter que le rationnel n'est pas là où j'avais l'habitude de le voir.

Avant la mort, je percevais les choses intangibles et subtiles, comme beaucoup d'êtres dits perceptifs. Il s'agissait d'une sensibilité aux êtres, aux lieux et aux événements. Une intuition qui pouvait prendre forme dans des mots qui sortaient de ma bouche et s'adressaient au hasard en faisant mouche, des prémonitions, la sensation de connaître des êtres que je croisais pour la première fois.

Jeune fille, j'avais beaucoup de mal à être conforme. La vie pour moi était difficile dans la matérialité : arriver à l'heure, prendre le métro dans le bon sens, écouter jusqu'au bout quelqu'un qui me parle de choses trop concrètes, tout cela m'a demandé beaucoup d'efforts. De nombreuses années de thérapie m'y ont aidée, et je peux dire avec tendresse que c'est grâce à elles que je suis celle que je suis aujourd'hui, c'est-à-dire quelqu'un d'enraciné. J'ai passé la moitié de ma vie à apprendre à sentir mon corps jusqu'à mes orteils, à m'incarner dans la réalité, et à me mettre à penser. J'en ai même fait un métier. Un métier sérieux.

Dire que je n'avais plus aucune spiritualité serait exagéré. Sans le théoriser, j'avais le sens d'un invisible possible, d'un enchevêtrement complexe d'âmes et d'esprits, quelque part. Un monde oublié au profit d'un autre dans lequel je m'acharnais à construire une vie, dans une existence moderne qui sollicite davantage un mode de pensée rationnel. Et malgré ma sensibilité, pour moi les morts étaient et restaient dans le monde des morts, et les vivants avec les vivants.

Assise dans mon lit, le livre sur les genoux, je demeure perplexe. Je n'ai pas peur d'être irrationnelle. Je n'ai pas non plus peur de la folie. Dans mon état de désespérance, bien des digues ont cédé. Je me fous de vivre, de ce qu'on pense de moi, de ce que je pense moi-même de moi. Depuis sa mort, je ne suis qu'un corps qui tient, une flamme qui brûle, une femme qui attend ou de mourir ou de vivre.

Je me mets donc à lui parler. Et comme une bonne psychanalyste rationnelle, je lui dis qu'on a été arrachés l'un de l'autre et qu'on va devoir apprendre à se séparer. Je le rassure, je lui dis que je l'aime. Les mots s'envolent de mon cœur ému, les larmes coulent sans urgence. Un peu de paix dans la nuit noire. J'éteins la lumière, je tombe dans ma mise à jour nocturne, et le matin, j'ai presque oublié.

Pourtant, chaque soir, je lui parle, je pleure tout ce que je sais, j'embrasse notre pierre-cœur, je dis bonne nuit mon amour, et je plonge dans mon sommeil sans rêves.

La journée, je me débats avec une colère qui commence à monter. Je n'aime pas ça. Ce n'est pas chic, la colère. Pas très zen. Pourtant, elle sort à tort et à travers, souvent plus à travers qu'à tort. Cela tombe sur une opératrice qui demande au téléphone à parler à monsieur, sur la gestionnaire de notre compte bancaire qui ne répond pas à mes sollicitations et qui ne sait pas dire toutes mes condoléances, sur le pauvre notaire qui règle des successions à tour de bras et qui ne sait toujours pas qu'une veuve n'a plus de cerveau, ou un de mes gosses qui a oublié de me prévenir qu'il ne dînerait pas à la maison ce soir. De petits événements sans importance mais qui viennent inutilement encombrer mon esprit qui ne tient pas debout. L'épuisement, certes. Mais aussi l'impuissance à vivre dans un monde réel.

Ce sentiment d'impuissance à être, à affronter le quotidien et son inepte banalité, entraîne le découragement dont j'ai peine à projeter le terme. Les murs fondateurs menacent de s'effondrer. Au cœur de l'accablement, l'élan vital cherche une issue, un soubassement, ne serait-ce qu'émotionnel, un terrain d'appui où poser son pied.

Le mien choisit le sentiment d'injustice, terre fertile pour rebondir, pour refuser de glisser dans le néant : Pourquoi ? Pourquoi sa mort ? Pourquoi, bordel de Dieu ? Question inutile qui ne changera rien. Question vaine car personne pour y répondre. Ainsi se dessine une boucle, une pensée circulaire : pourquoi, et pourquoi poser la question puisqu'il n'y a aucune réponse ?

Mais même devant le chaos, le cerveau veut manger quelque chose, une miette, un début de truc à se mettre sous la dent. Et le chaos lui renvoie qu'il peut aller se faire voir. La colère monte, mais comme ce n'est pas chic, l'ego veut faire profil bas tout en se croyant au-dessus.

C'est ma fille qui prend, un soir, alors qu'elle rentre la gueule enfarinée sans m'avoir prévenue de son retard. La disparition est encore à vif, fabriquant ses harmoniques de peur que cela recommence. Face à son visage contrit, je me mets à pleurer, à lui dire qu'elle exagère, que l'on doit se prévenir et que c'est la moindre des choses.

Et une phrase horrible m'échappe. Si vous n'avez pas un tout petit peu besoin de moi, alors je n'ai qu'à me jeter sous un train.

La honte m'envahit, je m'excuse, je file dans ma chambre et tombe par terre. Sur le sol, appuyée contre le bord du lit, je m'attaque, les mains sur les yeux, le nez qui coule. Les jeunes disent « être au bout de sa vie ». C'est ça. Je suis au bout de ma vie. J'ai envie de crever.

C'est exactement là, assise par terre, le dos contre notre lit, que je nomme ce que je ressens. La trahison. Mon ventre se tord, un cri muet hurle. Je me sens trahie par la vie.

Je la vois défiler. Notre rencontre, notre difficulté à aimer du début, nos efforts à se dire, à se disputer sans tout remettre en question, à s'accepter en entier, à jouer, à mettre de la créativité dans notre relation, à construire en cherchant toujours à se comprendre et à s'amuser… Tant d'efforts pour ça ? Mes études de psychothérapie, mon mémoire sur le couple, mes formations en thérapie de couple… Tout prend forme dans mes larmes, ce tout fut nous, toi, mon amour, au centre… Vingt-quatre ans à construire, parfois en mettant de côté nos aspirations personnelles, à travailler ensemble sur des projets communs, à être l'un pour l'autre bien plus qu'un conjoint… Et cette vanité infantile de se croire à l'abri car on est de bonne conduite. On a tout fait bien. On a travaillé en personnes conscientes de leur chance de s'être trouvées… Tant de temps, de cœur, d'énergie et… quoi ? Et ce n'était pas assez ?

La rage pousse les larmes comme personne. Et celui qui me dit que les émotions durent quatre-vingt-dix secondes pourrait bien m'énerver. Ma fille me rejoint, nous pleurons ensemble, nous nous embrassons, toutes morveuses, en nous beurrant d'amour, les bras autour du cou. Il est faux de croire que l'amour peut tout. Mais quand même.

Les jours suivants, je fais des allers et retours entre des états presque de grâce et d'autres, nombreux, de rage sourde qui mettent à mal mon ego qui se prend pour Bouddha. Le combat n'est pas régulier. Entre la rage et l'ego, la rage gagne.

Un matin, alors qu'un élément quotidien dont il est inutile de se souvenir me résiste, la rage monte, contrecarrée par un faux zen qui tente de me mettre dans le clan des gentils toujours polis. Je craque à nouveau. Le sentiment de trahison s'adresse pour la première fois à Dieu, auquel je ne crois pas mais qui fera figure de responsable. Je le défie dans ma toute-puissance d'humain misérable. Je voudrais qu'il vienne se battre, viens là, sale lâche, viens te battre ! Je le provoque avec la conviction que s'il débarque, je gagne !

Soudain, l'image du Christ sur la croix, allez comprendre, s'immisce entre deux pensées circulaires alors que je suis debout dans ma cuisine. Père, pourquoi m'avez-vous abandonné ?

Les bras m'en tombent.

Voilà des semaines que j'évince la colère, que je fabrique une sérénité factice pour ne pas sentir cette énergie de vie, alors que même le type le plus sage de notre culture judéo-chrétienne s'est senti abandonné après avoir passé sa vie à répandre partout que l'amour du Père était sans égal. Et moi, je passerais à travers ?

L'ego a fermé sa gueule.

Les jours qui suivent sont de larmes et encore de larmes. Vaincue. Je suis vaincue. Face au destin, je n'ai qu'une chose à faire : baisser la tête. Et la fermer.

Je reprends ma traversée des petits pas. L'un après l'autre. Je suis une somnambule, un spectre entre deux mondes. Je prends le métro, je ne vois que des ombres dans les wagons, je marche jusqu'à mon cabinet, je travaille, je rentre, les ombres, je prépare un dîner, je mange, je dors, je me réveille, je prends le métro, les ombres… Ici, maintenant, les pas, et rien d'autre.

Je rentre parfois dans son atelier. Là, ses outils, ses ouvrages qui attendent d'être terminés. Les baguettes de métal qu'il avait coupées et peintes sont à sécher sur l'établi depuis des semaines, la bombe de peinture blanche patientant à côté pour une deuxième couche. À l'étage, dans son bureau, sur la table à dessin, sa dernière esquisse, inachevée, le crayon couché, et les copeaux de gomme pêle-mêle sur la feuille. Il faudra penser à ranger, à nettoyer, à classer tout cet avorté.

La scène me suspend, m'aspire dans les jours où tout était encore possible, où tout était encore à notre portée. Le projet que nous avions ensemble, une bande dessinée dont j'avais écrit le scénario et dont les planches, qu'il avait tant retravaillées, sont aujourd'hui sur la table, vaines et précieuses.

Dans ce bureau, je suis bien. C'est comme si j'étais dans ses bras. Encore. Encore un peu de toi.

Je peux me laisser aller dans ma rêverie, dans les interstices du souvenir, dans ce scénario policier.

En attendant la réponse des éditeurs de bande dessinée, j'avais commencé à en écrire le roman. Je relis ce que j'ai imaginé six mois plus tôt. Un des personnages principaux est une enquêtrice de la brigade criminelle. Elle s'appelle Carole. L'histoire démarre trois mois après la mort de son compagnon, Karl. En relisant, je me demande comment je pouvais décrire son enfer alors que je n'en avais pas l'expérience.

Carole Feuillate ne dort pas. L'avant-bras posé sur son front, elle fixe un point invisible dans le noir et laisse ses souvenirs passer en boucle devant ses yeux ouverts. Tout revient à l'envi, pêle-mêle, anachronique. Les derniers moments, le quotidien, l'hôpital, leur rencontre, les détails, les petits déjeuners, les dîners, les moments sous la douche, les projets, les sourires, la violence du choc. Tout en désordre revient, avec une constance lancinante, les mêmes images, en boucle. Du visuel qui fait vacarme. Un bruit de fond que rien n'arrête, même le tapage de la rue, même la fatigue qui la tend sans presque jamais la faire céder. Pourtant, elle voudrait dormir. Elle sent bien que son corps n'en peut plus mais sa tête n'en a cure, elle produit. Carole se concentre, cherche du vide dans son âme, il doit bien en rester quelque part, un petit socle, une île. Sitôt qu'elle y parvient, les images reviennent, avec le chagrin et les regrets, la culpabilité, la boule qui remonte dans la gorge comme une petite pelote qui ne se tricote jamais.

Le sommeil s'est tiré avec lui.

Elle respire, se focalise sur son souffle. Elle observe la colonne d'air, se soucie de son rythme comme s'il s'agissait d'un bébé. Mais l'image de Karl revient. Son visage, le téléphone, l'annonce, mademoiselle Feuillate, nous sommes désolés, votre compagnon, Karl, n'a pas survécu. Et le monde tonne.

Cinq heures du matin et le ciel pèse déjà sous la chaleur des premiers jours de septembre. Les draps sont humides, la peau de Carole colle. Foutu pour foutu, elle se lève, laissant les dernières heures de la nuit en pâture au jour qui démarre. Elle se lève. C'est aujourd'hui que son ermitage se termine, qu'elle sort de sa planque, de sa zone de cicatrisation imposée. S'il n'avait tenu qu'à elle, elle serait repartie sur le terrain plus tôt. L'institution n'a pas voulu négocier. Le deuil devait passer par l'évaluation, le calcul des risques, la comptabilité des aptitudes. Elle avait donc subi la solitude, la quarantaine, elle qui se répare dans l'action, la quête et la virilité qui se chamaille. On l'avait assignée à la place de l'endeuillée, de la recluse contagieuse, de la plaie qui suppure et qui fait détourner le regard. À la douleur devait s'ajouter la honte. Elle avait expliqué à l'évaluateur son besoin de contact, de matière, de quotidien. Elle avait réclamé d'obtenir des semaines qui commencent par un lundi et finissent par un dimanche, elle avait cherché à faire comprendre son besoin de s'étayer par des journées qui débutent et se terminent.

Elle avait tenté de troquer de l'infini contre de l'hebdomadaire. Il était resté sourd. « C'est pour votre bien, Carole, il faut vous reposer après cette terrible épreuve. » Mon cul.

La douche la détend. L'eau tiède fait baisser la température de son corps, l'odeur du savon la rassure. Celle du shampoing aussi. Repères tangibles d'un quotidien qui ne surprend pas, qui ne malmène pas, repères qui restaurent la possibilité d'un calme même fragile. Ses mains étalent la mousse sur sa peau, lui rappellent son enveloppe, cette surface qui la protège de l'extérieur, elle frotte doucement.

Un souvenir s'invite sans crier gare, fait effraction dans la buée. Karl est là, il sourit, ouvre la cabine et lui frotte le dos. Sa paume large parcourt les épaules, la colonne vertébrale, le creux de ses reins, elle pourrait presque sentir son corps contre elle.

Elle ferme les yeux, refuse le diable qui veut l'envahir, inspire profondément et expire avec force, avec la volonté que son souffle évacue l'image, mette hors d'état de nuire ce corps invisible. Elle se frotte le dos, se contorsionne pour que ses doigts fassent seuls, atteignent chaque surface de sa peau, même la petite surface entre les omoplates. Elle se bat contre les larmes et la rage, et finalement abandonne les quelques centimètres carrés, là, juste entre l'omoplate gauche et la colonne vertébrale, qui ne sont plus frottés depuis trois mois, qui ont été laissés à l'abandon.

Elle sort de la cabine, attrape une serviette et jure encore que c'est fini. Reste chez les morts, c'est toi qui as décidé. C'est toi qui as décidé de partir, de ne pas parler, de ne pas demander d'aide. C'est toi qui t'es laissé tomber. Tu ne peux pas me laisser seule et prendre toute la place. Va te faire foutre.

Un jean, un débardeur bleu, le premier de la pile. Des baskets, un coup de peigne, un Prozac et un petit déjeuner. Un pas après l'autre.

J'ai toujours été curieuse de la mort. Cela faisait rire Laurent, qui voyait parfois dans mes discours des questionnements inutiles. Pourquoi se poser des questions sur la mort, sur ce qui s'y passe, alors qu'on est vivant ? Pourtant cette question de la mort m'a toujours accompagnée en creux de mon amour de la vie. Ensemble, nous étions amusés des points de vue de l'autre sur la question. Lui, balayait les hypothèses insolubles. Incrédule, et mécréant, il ne croyait en rien et ne voulait rien en savoir. Alors je le faisais marcher, je l'aiguillonnais et m'insurgeais de son manque d'intérêt. C'était un jeu, un de ceux qui faisaient lien entre nos différences.

Un soir, je lui tenais la main et j'étais en train de me dire que tout pouvait s'arrêter du jour au lendemain. Il m'interroge, comme il avait l'habitude de le faire quand il me voyait gamberger toute seule. Je lui confie ma pensée : quand je serai morte, je ne sais pas ce que je deviendrai, ce que je sentirai, si même je deviendrai et sentirai quelque chose, mais ce qui est certain, c'est que je ne pourrai pas sentir ça : exactement ça, ma peau contre la tienne, la chaleur de ta paume dans la mienne, le contact du peau-à-peau, propre à notre état d'humains vivants.

Il avait soufflé, les yeux au ciel, avec ce sourire qui disait quelque chose comme n'importe quoi et je t'aime tant, un sourire miroir.

D'autres souvenirs me reviennent. Comme le couteau.

Quand il rentrait du boulot, la première chose qu'il faisait, avant même de prendre une douche, c'était d'ouvrir le frigo, de saisir un fromage, et de s'en couper une bonne tranche sur le plan de travail. Il laissait le couteau sali et les croûtes du morceau sur la planche, et quand je passais devant cela me rendait folle, comme si cette négligence devenait une affaire personnelle, un devoir de bonne femme. Avec les années, la terrible affaire du camembert était devenue une anecdote qui égrenait encore notre routine, une sorte de crispation sans importance qu'il est utile de conserver au cas où on a besoin de se disputer pour autre chose. Pourtant, quelques semaines avant sa mort, alors que je retrouvais le couteau sali et les croûtes, mon souffle d'impatience avait été arrêté par une pensée absurde, jaillie de nulle part : peut-être qu'un jour tu regretteras de ne plus voir ce couteau sali sur l'îlot de ta cuisine.

Et puis, cette petite sensation dans mon ventre quand, deux jours avant l'accident, il me confiait avoir perdu sa médaille. Une médaille en argent que je lui avais fait graver après une hémorragie méningée qui l'avait amené aux urgences six ans auparavant. Sur cette médaille, qu'il portait au cou jour après jour, les mots inscrits étaient : Vivant, le 19 mars 2011, date de l'AVC.

Il était rentré du travail en me disant qu'il l'avait certainement oubliée à Berlin le matin de notre départ, alors que jamais il ne l'ôtait. À cette annonce, mon cœur s'est serré, comme si elle était le signe d'un drame futur, expérience corporelle du mauvais pressentiment, balayé par une respiration et vite oublié.

Aujourd'hui, assise dans son bureau devant les copeaux de gomme sur son dessin au crayon, je me demande si une part de moi le savait, comme si mon inconscient, à travers l'écriture, une humeur ou mon corps, m'avait préparée au pire. Qu'aurais-je pu en faire si j'avais saisi ces éléments diffus et les avais pris pour vrais ? Rien.

La mort frappe et me relègue au banc des impuissants. C'est cela que je dois apprendre. Baisser la tête et la fermer.

L'hiver s'annonce et le froid me gèle les os. Mes amis prennent soin de moi, m'invitent, tentent de me tenir chaud. Je vis bout à bout des morceaux de routine sans consistance mais qui dessinent une ligne de temps.

J'ai l'impression d'être en septembre alors que décembre arrive, les semaines commencent un lundi et finissent un dimanche, sont des chapelets de jours mis les uns après les autres et semblent s'annuler au fur et à mesure qu'ils sont vécus. Le dimanche, je vais à pied jusqu'au marché avec Mélanie, qui veille à ce que je la suive quoi qu'il arrive. Je joue le jeu. Parfois, je me retrouve au milieu de cet endroit que j'aimais tant, perdue, les yeux dans le vague, ne sachant pas quoi acheter. Souvent, je me mets à pleurer, là, toute seule, sans pudeur, sans idée, sans enjeu. Nue. J'ai l'impression d'être un corps sans tête, de ne plus être une femme qui a une vie mais un être dépouillé qui ne sait plus rien.

Lors d'une journée d'études avec des collègues, un de mes confrères prend de mes nouvelles. Il fait partie de mes proches au sein de la société de pensée dont nous sommes tous deux membres. Très touché par ce qui me frappe, il m'écoute sincèrement. La mort l'a aussi frappé, il y a quelques années. Il s'enquiert d'une prise en charge de ma souffrance. Je me cabre un peu, malgré notre lien. Voir un psy me paraît inutile. La mort n'est pas un empêchement inconscient, le deuil n'est pas pathologique, je ferai seule. Il écoute, ne cherche pas à me convaincre. Il me glisse le nom d'un homme qu'il connaît, spécialiste du deuil. Je note, de mauvaise grâce, pour lui faire plaisir.

Je continue à serrer les dents. La vulnérabilité devient nature ; la sensibilité, porosité ; l'épuisement, état second.

C'est quand j'étais dans cet état d'abandon, de résignation à ne plus rien attendre, à ne plus rien comprendre, à ne plus tenter d'être que les signes sont arrivés. Dire « les signes » me semble aujourd'hui presque vulgaire, presque ingrat. Dire que Laurent s'est exprimé à travers mes pensées, mes intuitions, mon corps, les objets de ma maison, des événements surprenants au cours des mois qui ont suivi me paraît inadéquat, comme si ces événements vécus ne pouvaient être exprimés sans les défaire de leur densité substantielle. Mettre en mots me semble inepte et impudique, comme si cela ne pouvait qu'exister. Sans rien devoir en faire.

Nommer permet néanmoins de mettre une distance à ce vécu corporel et émotionnel. Ces signes, que certains scientifiques nomment « vécus subjectifs de contact avec un défunt », VSCD, se multiplient et me laissent à chaque fois surprise, heureuse, et encouragée.

Dévastée, suis-je devenue une terre vierge, libérée des contraintes humaines habituelles, terreau propice à entendre le rêve, l'invisible, le subtil, comment puis-je l'appeler ?

Je ne ferai pas ici la liste de ces signes. Je ne chercherai ni à les décrire ni à les expliquer, encore moins à les analyser. Tout d'abord, par pudeur. Je veux les garder pour moi, ils sont à moi et ne regardent que moi et mes proches. Que l'on me croie ou non, qu'on me prenne pour folle ou illuminée m'est complètement égal. Des plus corporels aux plus subjectivement interprétables, ils ont été suffisamment nombreux pour faire fondre mes croyances de séparation, suffisamment tangibles pour faire la différence entre une potentielle dénégation de la mort et les perceptions d'un esprit sain. Ils forment une expérience difficile à décrire alors qu'ils sont éminemment naturels et simples. Enfin, je pense à ceux qui n'en ont eu aucun. Je ne crois pas qu'il soit ici question de puissance d'amour, de volonté d'un bord ou de l'autre du voile. Je ne sais pas s'il s'agit de processus, de failles énergétiques, de liaison animique à l'occasion d'une transe passagère. Je ne sais pas.

Il ne serait pas honnête de dire qu'ils n'ont rien changé. Ils m'ont aidée infiniment. Ils ont fait partie de ma quête de sens, d'un éveil spirituel qui a accompagné le chagrin.

Ce chagrin reste lourd à porter. Il est sans limites. Il est une petite houle en fond, tout le temps, et se transforme en raz-de-marée, traversant le corps entier sans qu'on s'y attende à n'importe quel moment du jour. Il dévaste chaque moment, chaque rencontre, chaque heure. Il est intolérable.

Un jour, j'ai dû me résigner à demander de l'aide.

Fatiguée de faire seule, je prends rendez-vous avec le spécialiste recommandé par mon confrère. Un mercredi de décembre, alors que le ciel est blanc et bas, que mon squelette est à l'aube de tomber au sol, en morceaux, je rencontre Christophe.

Je marche vers son cabinet, dans un quartier de Paris que je déteste, et je sens bien que j'y vais en traînant ma charrue d'ambivalences. J'ai du mal à m'y rendre convaincue : je me sens agie, en quelque sorte. Ma tête de mule voudrait faire seule, comme si cela donnait à mon deuil plus de dignité, voire de grandeur. Pourtant, je dois bien reconnaître qu'un peu de soutien ne serait pas du luxe. Et je m'en veux d'être aussi têtue, d'être aussi dure avec moi-même.

Lorsque je franchis le seuil de sa porte, il m'accueille avec un sourire doux, m'invite à m'asseoir et à raconter. Je n'ai aucun souvenir de ce que l'on s'est dit ce jour-là. Ce dont je me souviens, c'est cette chaleur qui écoute, cette tranquillité nourrie, ce calme sans pathos. Il n'y a pas d'encouragements, pas de conseils, pas de recettes. Juste deux yeux qui vous regardent, comme si c'était la première fois qu'il entendait une veuve, curieux et contenant, empathique sans être débordé d'une compassion qui m'aurait encombrée. Juste deux yeux qui sont des bras ouverts.

Tous les quinze jours, nous nous verrons. Chaque séance devient un repère, un instant qui permet de vérifier que le deuil n'est pas linéaire, qu'on peut avoir envie de mourir juste après avoir dit ne pas avoir versé une larme ces derniers quinze jours. Un lieu où je peux pleurer et rire dans le même instant, dire que j'emmerde le bonheur et ceux qui me le souhaitent tout en parlant de ma gratitude envers la vie de m'avoir donné ces mêmes qui me le souhaitent. Petit à petit, face à Christophe, je me permets de devenir la femme qui vivra après.

Plus qu'un spécialiste du deuil professionnel et talentueux, Christophe sera ma lanterne. Chaque séance sera un point marqué sur une carte qui, avec les autres, participera à former une ligne, un chemin, lequel au fur et à mesure deviendra visible et permettra d'appréhender un futur possible. Cette route me mène. Où elle me mène, nul ne saurait le dire. Mais sentir une route sous ses pieds est la moindre des conditions pour réapprendre à marcher.

Noël s'annonce. Consciemment, cela ne me fait rien. La famille accepte que ce soit à la maison. L'idée de prendre un train est au-dessus de mes forces, réserver un billet, un projet aussi ambitieux qu'un tournoi national d'échecs, sortir de chez moi, un trajet vers l'enfer.

Je tente de prendre cela au sérieux. Pour le reste du monde, Noël se fête, se prépare, on met les petits plats dans les grands, on achète du champagne, on décore un sapin et on se réjouit. J'ai bien envie de dire *fuck*, de rester sous ma couette, d'envoyer Noël et Jésus au diable.

Mais les enfants. Mais la famille.

Alors je joue le jeu. J'accueille les miens. Leur chaleur me fait du bien. J'aime les aimer. Et nous passons Noël ensemble, avec des rires comme avant. Avec des larmes comme jamais. Son absence est atroce alors que je mange des huîtres. Son absence hurle alors que je reprends de la bûche. Tout ça me semble tellement irréel. Je me sens dans cette faille spatio-temporelle, ce purgatoire immonde, cette vie qui ne ressemble pas à une vie. Je ne reconnais rien, je ne veux rien, je voudrais dormir et me réveiller dans deux ans.

Comme si Noël ne suffisait pas, il faut aussi traverser la Saint-Sylvestre. Je refuse toutes les gentilles invitations et décide que ce sera un soir comme les autres. Les enfants partent vers leurs soirées entre amis, et j'en suis heureuse. Je m'installe avec une pauvre soupe de légumes devant la télévision, ayant le projet de m'assommer de séries. La box est en panne.

L'année noire est passée. 2017 n'est plus. Les jours d'après sont pourtant les mêmes. Les vœux sont discrets cette année. Je sens bien qu'on voudrait me souhaiter le meilleur, que les amis se sentent pataubs à venir m'offrir du bonheur. Ils ont peur de se sentir factices, pourtant pris dans un élan d'amour toujours tenace. Je sens leur besoin de dire, leur peur de me toucher trop fort, leur pudeur à me souhaiter encore. Cela me bouleverse et je ne sais pas quoi faire de toute cette sensibilité à fleur de peau.

Je vais faire un tour sur la boîte mail de Laurent. J'ai peur d'y trouver un mail innocent de quelqu'un qui ne sait pas et qu'il faudra prévenir.

En effet, une amie des Beaux-Arts lui souhaite une belle année. Nous échangeons tristement. Et puis un éditeur que Laurent avait rencontré plusieurs fois, qui le suivait dans son travail, qui lui demande de patienter encore au sujet de notre projet de bande dessinée. L'inachevé refait irruption.

Je lui annonce. Il met quinze jours à me répondre, s'excuse de ce temps, choqué qu'il est d'avoir appris sa mort. Son mail est sensible et tendre. À travers ses mots, je sens la belle nature de cet homme dont Laurent m'avait souvent parlé. Il conclut son mail par : dites-vous, et à vos enfants, qu'il ne pourchassait pas un rêve, il allait devenir un dessinateur de bande dessinée, je n'en doutais pas.

Moi non plus, je n'en ai jamais douté. Laurent, souvent.

Ces mots, immédiatement lus aux enfants, continuent de nous souder autour de lui en une fierté secrète et puissante de l'avoir eu à nos côtés.

Le mois de janvier est terrible. Le froid me gèle les os, le ciel bas finit de m'écraser. Mes pas sont petits et mon corps, lent.

Je prends un bain chaud chaque soir. Je voudrais pouvoir faire comme les hivers précédents, lire et bouillir. Les cheveux collés aux parois de la baignoire qui se vide m'inquiètent. Des centaines, échoués sur le blanc de l'émail, tous les jours. Je me fais des piqûres de Bépanthène, les coupe courts, à la garçonne. Avec mon teint pâle, mes kilos en moins et mon crâne au poil ras, j'ai l'air de rien. Je le sais. J'écoute mes amis me dire que j'ai plutôt bonne mine.

Ces semaines, en plein hiver, sont comme un novembre qui dure. Un entre-deux, un clair-obscur. Ce n'est pas la tempête du choc mais plutôt le silence assourdissant après un coup de feu. Une zone grise, un purgatoire où l'âme est passive.

Je vais au cinéma avec Mélanie. Nous partons à scooter, moi contre elle à l'arrière. C'est la première fois que je remonte sur cet engin depuis la mort de Laurent. Je trahis ma promesse aux enfants. Cette transgression ne me donne toutefois pas l'impression d'être plus vivante. À l'affiche, *La Forme de l'eau*. Je me vante en entrant dans la salle de n'avoir pas pleuré depuis quinze jours. Un progrès que je claironne sans joie mais qui fait office d'événement. Je me laisse porter par le film, je goûte à ne pas être réelle, happée par cette histoire d'amour dans laquelle je me dilue. Sa fin, la séparation des deux amoureux sous le coup du sort, me cueille à l'endroit que j'ai oublié depuis deux heures. Alors que les gens sortent, éblouis par l'esthétique ou bercés par la poésie, je suis pliée en deux, la tête dans les genoux de ma tendre amie. Les quinze jours de sécheresse débordent en une mer de larmes, comme une mise à jour de chagrin. Je regarde Mélanie et je me traite de crâneuse. On glousse.

C'est pourtant vrai que je pleure moins. Ou moins souvent. Je traîne mon blues qui fait chape dans ce no man's land post mortem. Un temps qui s'étire, ni blanc ni noir, ni bon ni mauvais, un ennui infini.

Toutefois, un jour, dans cette humeur entre chien et loup, il me vient l'idée saugrenue que je vais devoir me réinventer. C'est comme une découverte, un jeton qui tombe, une pensée qui prend corps. Qui prend au corps plus exactement.

C'est comme si je découvrais la formule alchimique qui allait changer le plomb en or : le cœur s'ouvre, laissant jaillir une bouffée d'énergie vitale pure, un mélange d'élan, de joie tranquille, d'amour, peut-être est-ce l'espérance, je ne sais pas. Cette « chose » se transforme en langage dans mes oreilles : je dois me réinventer.

Évidemment, dit comme ça, c'est pauvre. Pourtant, dans l'éprouvé du corps, c'est quelque chose. C'est à la fois le résultat involontaire d'une tension qui lâche et simultanément celui d'une création qui prend source. Le ventre sait quelque chose que la tête n'a pas encore pensé. Et quand elle se met, quelques secondes plus tard, à le formuler dans sa langue maternelle, cela fait l'effet d'une trouvaille, d'un remède déjà né.

La petite phrase miracle va agir discrètement au fil des mois sans même qu'il soit nécessaire que je m'en souvienne. Elle signifie la fin de la période traumatique pour laisser place à la désintégration d'un Moi ancien qui doit mourir, et l'émergence de l'inconnu.

Ce n'est pas simple de se réinventer, surtout sans rien savoir, sans rien faire, sans rien pouvoir vouloir. Le chagrin aide sûrement. Il est comme une rengaine, un compagnon qui balaye les déchets des peaux mortes, une médecine naturelle. Je m'habitue à lui, je sais qu'il passe, parfois en cascades, parfois comme un écoulement sur la roche, qu'il s'arrête et qu'il recommence. Je sais qu'il vit en moi, comme un hôte autonome, mais je le connais de mieux en mieux. J'apprends à le respirer, à le respecter, à le convoquer même parfois quand je me sens tendue après l'avoir mis de côté pour tenter de faire.

Le froid transit et réaccorde mon rythme engourdi à celui du monde qui ralentit, se feutre et se protège de l'hiver. Je continue mon observation de moi-même, ma plongée dans les profondeurs de cet espace morne :

je me sens comme un paysage délavé, une aquarelle diluée dans une palette de gris et de vert. Glauque, dit-on. Je me sens égocentrée.

J'observe la nature. Même elle parle de moi. En forêt, je me compare à ces arbres sans feuilles, amincis par l'absence de leur sève. Leurs branches dénudées érigées vers le ciel, ils demeurent debout. Leur invincibilité semble inutile dans ce silence gelé. Comme eux, j'existe à bas bruit. Ce n'est pas le sentiment d'existence qui fait défaut. C'est son utilité. La survivance me fait croire à une invincibilité inutile qui s'égrène au fil des jours. Si je survis à ça, de quoi vais-je bien pouvoir mourir ?

Parfois, je sens une vague d'accélération sur plusieurs jours. Je suis vulnérable, traverse des états émotionnels en chaîne, passant de la torpeur à une tranquillité ravie. C'est le corps qui parle le mieux de cette métamorphose. Je me sens attaquée par des instances internes, mon ventre se tord, le chagrin devient bourrasques, j'ai l'impression que mon abdomen se déchire.

Je me relève épuisée de ces instants. J'ai la sensation de morceaux de chair qui se sont détachés… et que le chagrin, plus paisible, celui du ruissellement, lave doucement les heures d'après. Puis je traverse à nouveau plusieurs jours de calme, m'émerveillant d'un soleil hivernal qui me surprend, de la visite d'un ami qui passe à l'improviste, d'une anecdote que raconte un de mes enfants.

Je survis. C'est la découverte saisissante de ces jours-là.

Lorsque je vois Christophe, je lui parle de cette météo qui m'embarque sans que je cherche à la contrer. Je lui parle des tempêtes et des soleils. Je lui dis que j'ai l'impression d'une désintégration du Moi sans folie. Il sourit. La clinicienne ne peut s'empêcher de théoriser. On fait feu de tout bois.

Surtout, je lui confirme tous les quinze jours, à mon plus grand étonnement, que je survis. J'en ris comme un enfant qui découvre la neige. Et je pleure la minute qui suit.

Jour après jour, toujours coincée dans mon ici et maintenant, je regarde mon théâtre émotionnel, à la fois spectatrice et actrice, comme si le scénariste était ailleurs. Mon sommeil reste sans rêves, la mise à jour continuant sans bruit. J'ai la sensation que je me répare dans mon sommeil, et me vient même l'idée que je suis aidée. Par qui ? Je ne sais pas. Je me mets à envisager le monde des esprits.

Je peux mobiliser à ce stade mes forces pour aller mieux. Je multiplie les sources d'aide. Je vois toutes sortes de soignants. Acuponcteurs, énergéticiennes, hypnothérapeutes, travailleurs attentifs du corps. Un chemin se dessine. J'écoute, je prends note d'un nom, interroge ma boussole, me déplace. J'ai l'impression d'être guidée.

Chacun, à sa manière, me réchauffe, me soigne, me règle, me régénère, nomme mes états corporels et psychiques. Long périple salvateur aux mains magiques, aux paroles douces, aux postures simples et justes.

Il m'a fallu du temps pour accepter d'être aidée. Bien sûr, on peut faire seule, à la dure. À la guerre comme à la guerre. C'est valeureux. Et complètement con. Si ce n'est pas aujourd'hui, au sein de la dévastation, qu'on accepte de s'accorder un peu de douceur, alors quand ? Quand se délivrer de cette toute-puissance qui n'apporte rien qui vaille ?

Quand emprunter un chemin plus humble, se voir comme ce qu'on est ? Un pauvre chiffon en boule qui tient à peine debout.

Je deviens pour moi-même la gardienne de mon cœur. J'en prends soin, je le mets au centre de mes préoccupations. Je me charge de faire en sorte que la douleur soit contenue, massée, caressée, enveloppée de bienveillance.

La gratitude vis-à-vis de chaque magicien est un onguent sur ma plaie. Le merci que je leur donne fait lien avec le monde. Je deviens moins sauvage. Je sors de ma grotte et revois mes amis. Un peu. Sans trop prévoir. Ni trop loin ni trop longtemps. En petit comité. Parfois même je m'entends rire et cela m'émeut.

Je me sens changer. Ma sensibilité devient de moins en moins écorchée. Une certaine douceur habite mon cœur. La lenteur de mes pas est plus légère. Je me redresse. Les salves deviennent vent, le chagrin, ruisseau que j'apprends à laisser couler doucement.

J'observe l'impermanence de mes larmes, je respire dans l'inconfort et je souris au sein d'une paix toute nouvelle.

L'alternance des abysses et des sommets de grâce se transforme en celle des ravins et des monts, des trous et des bosses.

Mon cœur, lavé à grande eau et essoré à l'envi, assourdi par la détresse de cet enfer, semble renaître. Plus tendre, plus sensible au chant des oiseaux et à la beauté de l'autre. Il s'ouvre doucement, entend différemment, se laisse plus facilement toucher.

Ce chemin me fait sortir de mes lignes habituelles. La douleur pousse à explorer loin de l'ordinaire. Elle met dans un état second. Les sens sont comme expansés. Ma boussole interne devient plus fiable que mon intellect. Ma conscience semble voyager sans que je sache vraiment où et comment. Mes intuitions sont de plus en plus fines, mes mots précèdent parfois ma pensée.

Je me mets à lire avec frénésie tout ce qui me tombe sous la main et qui parle de la mort, de la conscience, des états modifiés de conscience. Je me constitue une bibliothèque allant des écrits tibétains aux livres sur les expériences de mort imminente, les passeurs d'âme, les médiums, les archives akashiques, le chamanisme, la transe ou autres glossaires de l'invisible. Je m'instruis, parfois me disperse. J'adhère, parfois non. Je cherche. Je ne sais pas très bien ce que je cherche, mais je cherche. J'accumule les témoignages, les documentaires, je m'ouvre.

Parfois, j'ai peur de devenir zinzin.

Christophe sourit. Selon lui, tout est normal. L'émotionnel et le spirituel vont de pair, souvent. Je lui dis que je ne comprends rien, que je m'étonne d'être vivante. Je découvre en boucle cette énergie vitale que j'ignorais, qui se mobilise contre mon gré, qui m'inonde de bonne foi. Je réalise chaque jour cette force animale qui soutient mon infinie vulnérabilité.

Je passe par des moments d'effondrement qui surgissent encore sans crier gare. À chaque fois, je pense que je n'y survivrai pas, que c'est l'annonce d'une fin proche, que mon corps va finir par lâcher ou fabriquer de quoi mourir. Je m'invente des maladies incurables, des infarctus imminents, un terrain immunitaire qui va finir par flancher à force d'être raviné par les eaux. À chaque fois, je ne peux que constater que je sors de ce nouvel essorage plus étonnée, émerveillée même, de renaître de l'épisode.

C'est une mue qui s'opère. Semaine après semaine, l'alternance des états semble arracher des morceaux de mon ancienne personnalité, comme si mon organisme avait l'intime connaissance du mal et de sa guérison. Chaque moment de repos est à nouveau une île. Je n'attends rien de la vie, sereine. Je ne comprends rien, je ne planifie rien, je me laisse porter et finis par tomber amoureuse de l'inconnu.

Je ne peux plus planifier, anticiper, me contraindre à cet exercice moderne et épuisant de contrôler et de choisir toujours. Je règle les choses si elles sont importantes quand elles se présentent et laisse le reste remplir mon temps d'existence. Le reste, ce sont les amis, les envies qui surgissent, les livres qui viennent à moi, les êtres inconnus qui me croisent, les petits problèmes parfois, le chagrin qui m'invite à rester dans ma grotte. Tout se décide et j'ai le sentiment de m'adapter sans cesse et sans effort.

Mes amis observent cela et en sont ravis. Ils me croient forte, douée pour la vie. Pourtant, je n'ai aucun autre choix possible. Je ne fais pas mon deuil : c'est mon deuil qui me fait. L'inconnu qui m'effrayait il y a quelques mois a fini par se faire aimer. Tout est bon à prendre après l'enfer. Se laisser surprendre devient une habitude délicieuse. Et je n'y suis pour rien.

Un matin, alors que j'observe le printemps venir, assise devant la porte de ma maison, je regarde l'arbre qui cache la grille de l'entrée. Ses bourgeons montrent déjà les feuilles qui bientôt déploieront leur vert. Alors que je ne pense à rien d'autre qu'à ces feuilles, je sens mon corps se tendre et entamer une musique que je n'avais pas sentie depuis la mort. Mon ventre s'ouvre, laissant sentir un feu inespéré. Le désir.

Quoi ? Mais comment ? Tout cela n'est donc pas mort ? J'arrête de respirer comme si un bus venait de me frôler le nez. J'attends. Un Sioux devant le fauve. Les cellules se rappellent et chantent leur manque. Le sang véhicule le feu, mon corps appelle à vivre. Aucune adresse, pourtant. M'imaginer dans les bras d'un autre homme est alors impossible. Il s'agit simplement d'un message de mon corps pour mon corps.

Il serait vite fait de refermer, de prendre peur, de s'interdire, de revenir au lieu du néant, du chagrin, comme si ce lieu était la terre d'une fidélité *ad vitam*, comme s'il était aujourd'hui le seul lien possible avec Laurent.

Je m'observe, le souffle court, sur ce fil. Je sens bien qu'il y a un choix à faire. Il n'est pas décisif, il peut attendre et s'imposer de nouveau, je le sens. Pourtant, elle est douce à vivre cette petite tension du ventre, elle invite à s'offrir à nouveau à la vie, à l'air frais matinal, à la nature magique de cet arbre qui m'ouvre ses branches.

Alors, s'il est tentant de revêtir la robe noire de la veuve chaste et fidèle, je préfère accueillir ce scandale naturel, cette invite de l'inconnu, ce désir corporel sans cible et sans enjeu, reconnaissant sans comprendre, entre deux salves de larmes, la possibilité d'une renaissance. Entre cadenasser et accueillir, je choisis de me laisser faire. Et je fais l'expérience la plus riche de cette épouvantable épreuve : accepter de sentir l'inimaginable, la désinvolte pulsion de vie, l'élan vital qui se fout de la morale et de la douleur, qui pousse à travers le béton aride car son intention puissante est la créativité.

Je parle à Christophe de ce désir subit qui a jailli quand je regardais mon arbre. C'est incongru et tellement réjouissant. « Réjouissif », aurait dit Laurent. L'habitué du deuil guette dans ma voix la culpabilité, l'autocensure. Mais non. Je m'entends lui dire : « C'est lui qui est mort, pas moi. » Je n'arrive pas à croire que c'est moi qui dis cela.

Cet épisode ne marque pas la fin du chagrin. Il est annonciateur d'une nouvelle capacité. Les événements nous font. C'est à travers le corps que je le théorise : il sait. Il sait faire. Autonome, il a cette connaissance. Il n'y a rien à faire. On pourrait croire qu'il y a une conduite à tenir pour survivre à un tel chagrin. J'apprends que non. La tête est nulle dans cette entreprise. Elle sert seulement à symboliser quelques repères. Le corps se recroqueville quand il en a besoin. Il me mène à la grotte, à la solitude, au vide indispensable. Il me secoue de larmes quand il déborde de chagrin. L'espace créé par le trop-plein vidé se comble à nouveau. Parfois de chagrin, de désespoir, d'indifférence à vivre, d'envie de mourir… parfois de grâce, de paix, de lumière, de désir non adressé. C'est cela qu'il me faut accepter. Admettre d'être bouleversée sans m'empêcher, sans décider que ce n'est pas le moment ou pas le lieu, que c'est correct ou incorrect. Vivre le brassage des émotions, passer des larmes aux rires, de l'ombre à la lumière, de l'angoisse à la paix, du désir de se retirer du monde à l'accueil des autres. Écouter la boussole du corps, la voix du cœur, et respirer. Savoir que cela a lieu, le vivre et l'observer. Ainsi vérifier que tout passe.

C'est goûter à l'impermanence. Et aimer ça.

Mes années de thérapie m'aident, c'est indiscutable. Je connais mes recoins et j'ai l'habitude de mes outils. Dans mon kit de survie, la respiration est une pioche qui creuse plus loin, qui va chercher plus profond quand le chagrin se montre. Pleurer sans difficulté, sans retenir, s'aider de la respiration pour faire sortir encore et encore tout ce mal qui remonte le long de la colonne d'air jusqu'à ce qu'il n'y en ait plus… jusqu'à la prochaine fois. Ce qui est dehors n'est plus dedans. Cela fait office de purge quand le chagrin ressemble à un semi-remorque garé sur le plexus.

De ces ténèbres accouchées jaillit la douceur. Le cœur s'ouvre, c'est l'apaisement, les muscles mous et le sourire large. Peut-être est-ce cela, l'état de *rigpa* dont parlent les Tibétains. Peut-être ai-je droit à une formation accélérée pour connaître cet état de conscience où n'existent plus ni préférence ni dualité, mais seulement la sensation d'exister simplement, de respirer et de s'émerveiller de tout : après l'enfer, le paradis.

Le deuil n'est pas linéaire. Je passe de ces états à d'autres, plus sombres. Mais chaque moment de paix devient un repère interne, corporel, respiratoire, énergétique, psychique. Je visite ces nouveaux espaces qui forment une nouvelle mémoire, une bibliothèque émotionnelle plus vaste, plus dense. Peu à peu, j'apprends à y retourner par la respiration, la concentration, la méditation. Je deviens une gymnaste des états modifiés de conscience. Et je trouve cela passionnant.

J'apporte chaque pépite à Christophe, qui sourit. Je lui dis maintes fois que je ne comprends rien, que je devrais être morte, que la vie s'immisce et pousse en moi alors que je n'ai pas l'ombre d'un avenir. Je commence à m'habituer à cet état d'être sans but et sans enjeu. Mes pieds m'amènent d'un endroit à un autre, guidés par ma boussole. Je pleure quand il pleut, je ris quand il fait du soleil. Plus rien n'est sérieux, plus rien n'a d'importance sauf ce qui est là, juste ici et maintenant.

Je lui parle de Laurent. De sa douceur, de son intelligence, de son talent, de ce regard toujours si amoureux. De sa touche de mélancolie, de sa barbe que j'aimais couper, sa joue contre mon sein. Et du trou béant que sa mort laisse dans ma vie.

Je réalise à quel point j'étais comblée. Et à quel point je n'avais aucun effort à faire pour être heureuse.

L'idée d'aimer un autre homme plus tard me semble impossible. Christophe sourit. Il fait confiance à ma restauration qui, au moment juste, me permettra d'accueillir à nouveau le sentiment amoureux. Il en a vu d'autres. Il en a entendu, des femmes découragées d'avance. Il a vu ces mêmes femmes céder à l'inclination naturelle.

Je boude un peu. Je ne vois pas qui pourrait être à la hauteur. Je dis à mon père, cela aurait été plus simple si j'avais été mariée avec un con. Il répond, tu ne te serais pas mariée avec un con.

Je n'en suis pas là, à imaginer aimer quelqu'un d'autre. C'est le cadet de mes soucis. Pour le moment je me contente de savourer le fait que je suis en vie et que l'existence n'est plus chaque jour un âne mort sur mon dos.

La fin du printemps m'apaise. Les moments de calme deviennent plus nombreux que les trous. J'en profite, je les savoure comme des carrés de chocolat qui fondent sur ma langue.

Le commissariat m'appelle : je suis convoquée pour répondre des habitudes et comportements routiers de Laurent, entendre les éléments dont dispose aujourd'hui la brigade, et porter plainte si je veux avoir accès au dossier. Mon avocate me prépare, je l'écoute et prends des notes sur les questions que j'ai besoin de poser.

Je ne veux pas y aller seule. Je ne veux pas être seule pour entendre les détails qui me sont épargnés depuis septembre. Je ne veux pas me retrouver seule à écouter les résultats de l'enquête ou le déroulement des événements ce matin-là, ou seule devant une question ou une révélation que je ne suis pas prête à recevoir et me mettre à pleurer comme une enfant. Et puis, je ressens cette peur blanche, réticence animale, instinct de survie de l'après-coup, qui me fait douter de ma capacité à protéger la blessure encore à vif, à affronter la mort de mon intime racontée par des faits glacés et des inconnus de la fonction légale. Je me sens comme la main brûlée qui doit remettre une bûche dans un feu de cheminée.

Mon beau-frère monte de Nice pour m'accompagner. Il est de ces natures tranquilles qui ne se laissent pas rouler dans la farine, un mélange de virilité et de sensibilité, d'agressivité saine et d'écoute, capable d'apaiser et de voler dans les plumes. Sa présence est rassurante, elle m'enveloppe, et à ses côtés, face à la jeune inspectrice chargée de l'enquête, je me sens tendue, à fleur de peau, mais à l'abri.

Elle se tient droite dans sa chemise bleu clair bien repassée, les cheveux attachés en queue-de-cheval par un gros élastique que je ne vois pas mais que j'imagine. Son maquillage est discret, ses yeux clairs. Elle doit avoir dans les trente ans, sa voix se veut assurée, son discours, impeccable. Elle raconte les événements avec une fébrilité qu'elle tente de cacher par un déroulement de faits, d'heures précises, de calcul de vitesse, de métrage, de feux synchronisés, de témoignages résumés à leurs stricts nécessaires.

Sans vouloir le démontrer, elle nous renseigne sur le sérieux de son investigation. On sent que son travail lui tient à cœur, que c'est dans son caractère de faire les choses bien. Elle déroule le résultat de son enquête, déplorant les inconnues – pas de témoins directs en dehors du conducteur de la camionnette, pas de caméra de surveillance – et s'excusant de ne pas pouvoir répondre à mes questions.

Malgré sa bonne foi et sa bonne volonté, elle se maintient sur la ligne tangible des faits. Il n'y a pas de place pour l'interprétation, seules les traces non interprétables du réel doivent être consignées. Les paradoxes ne sont pas discutés, les questionnements resteront sans réponse.

Le jeune homme qui conduisait le camion dit avoir démarré au feu vert, ce qui implique que mon fou de mari aurait grillé un feu passé au rouge depuis au moins six secondes alors qu'un témoin indirect parle d'un feu orange, que les distances et la synchronisation des feux hurlent au mensonge. Mais on ne répond pas aux questions, on répertorie le fruit des recherches qu'on enverra au procureur avec l'expertise qu'on attend encore. Et c'est tout.

Dans ce commissariat, on relate donc un accident banal de la circulation entraînant la mort d'un tiers. Dans ce qui n'est pas mentionné flotte une fable servant à protéger une existence qui démarre, et une responsabilité se cachant dans les interstices d'une vérité impossible à découvrir à coup sûr. Une scène sans héros et sans méchant coupable. Juste une enfilade de fâcheuses circonstances, de deux hommes qui ne se voient pas car ils se croient seuls, un petit matin où tout le monde est censé dormir. La justice devra dénoncer le plus coupable des deux, celui qui parle ou celui qui ne parle plus. D'un côté une femme et deux enfants privés de l'amour du tué, de l'autre un pauvre gosse qui a fait l'erreur qu'on a tous au moins une fois commise. La justice passera car elle le doit, mais les faits métalliques mis bout à bout dans ce commissariat racontent une tragédie mutuelle et ordinaire, sans offense délibérée, sans volonté de nuire, sans nécessité de jeter le gant et de hurler vengeance.

En sortant du commissariat, Thierry et moi partageons nos conclusions et décidons d'aller les confronter au réel sur le lieu de l'accident. Là-bas, mon corps tremble mais me porte avec force pour filmer, compter les pas et les secondes et me forcer à penser l'impensable. Nos hypothèses se confirment dans un réel devenant l'allié de nos imaginations qui, depuis des mois, tentent de trouver un sens aux éléments glanés ici ou là.

L'histoire semble simple. Un jeune homme fatigué par une nuit de travail fait son dernier trajet avant d'aller se coucher. Le soleil n'est pas encore levé quand il arrive au carrefour maudit. Devant lui, un feu rouge, il ralentit, puis voit le feu à sa droite, perpendiculaire, passer à l'orange. Il a ralenti, se dit qu'il peut glisser prudemment sans tenir compte de son feu, s'imaginant peut-être que sa vitesse lente le mènera à l'intersection quand l'autre feu sera passé au rouge. Dans l'autre sens, mon amour sort de l'autoroute, emprunte la bretelle. Aux deux tiers de cette bretelle, le feu passe à l'orange. Il a le choix de freiner ou d'accélérer, il fait le choix d'accélérer, se pensant protégé par la loi, la synchronisation des feux, la foi en la responsabilité de chacun.

Deux croyances s'entrechoquent. Et mes yeux pour pleurer.

Contre toute attente, cet entretien au commissariat n'entrave pas le lent et profond processus de renaissance qui semble avancer coûte que coûte. Il est de sains clivages : la procédure judiciaire reste circonscrite dans un espace à part. C'est comme si, autonome, elle suivait son cours dans un registre qui reste éloigné sans être mis à distance, dans un autre espace-temps. Je peux y penser, faire le nécessaire, rencontrer les protagonistes du terrain légal, parfois être saisie par un détail qui me renvoie à l'intime du cœur, sans trop l'investir émotionnellement. Ce n'est pas que ma confiance en la justice soit aveugle, ni que son dénouement m'indiffère. Il s'agit plutôt d'un réflexe : préserver l'indispensable et laisser agir les choses qui ne sont pas de mon ressort. Faire et attendre. Oublier et faire. Agir sans se perdre. Ce n'est ni de la sagesse ni de la stratégie thérapeutique. C'est comme ça.

L'air frais du printemps laisse place à la douceur de l'été.

Je vais mieux. Je m'entends rire fort de plus en plus souvent. Je pleure moins, aussi. Je continue à lire sur les états modifiés de conscience, sur la mort, sur les différentes pratiques hors de mes champs habituels. Je fais mes expériences, pousse mes frontières, fais de l'espace pour laisser survenir l'inconnu, toujours bloquée dans mon temps présent.

Organiser des vacances d'été me semble absurde.

C'est moi qui, la plupart du temps, étais à l'initiative. Laurent se moquait des lieux et des dates de nos villégiatures, pour peu qu'il puisse partir avec du papier et ses crayons.

Alors que j'étais toujours pleine d'enthousiasme pour l'ailleurs, prête à passer des nuits à visiter des sites Internet pour dénicher un joli lieu, investie à fond dans l'organisation d'un voyage, là, cet été, je suis comme un canard devant un stylo à bille. Projeter un futur proche et organisé m'ennuie et m'agace. Je sais que j'ai besoin de me reposer, mais savoir de quoi j'ai envie m'est totalement impossible. Pourquoi partir en vacances sans lui ? À quoi cela sert-il de découvrir si je ne peux pas le partager ? Avec qui partir ? Où ?

Les enfants sont comme moi. Bien sûr, nous partirions ensemble. Mais où et combien de temps, cela nous laisse dans une torpeur infranchissable.

Nous décidons tout de même de passer quinze jours au bord de la mer, en famille, histoire de se tenir chaud. Gaël et Thierry se réjouissent de nous rejoindre et nous envisageons les vacances avec douceur, si ce n'est avec entrain.

Pourtant, au bout de quelques jours dans la maison de mon père où je reviens pour la première fois depuis la mort de Laurent, malgré la chaleur familiale et le plaisir de se retrouver ensemble, son absence se met à prendre toute la place. Le soleil et la plage me font violence, comme s'ils ne respectaient pas la malheureuse surprise de ne pas le voir à mes côtés. Je tente de prendre du plaisir avec le sable tiède, l'eau, les personnes que j'aime, mais plus je fais d'efforts, plus l'absence rentre dans mon cœur et y installe un froid qui fait contraste avec les bavardages estivaux. Il faut que je me sauve.

Je reprends un train, seule, et une fois de retour dans ma maison, en plein mois d'août déserté, je me sens à nouveau tranquille et en sécurité. Voilà. C'était trop tôt, c'est tout.

Dans cet isolement choisi, je reprends mes lectures, assise sur la terrasse, marche pieds nus dans la maison, sens flotter sur mes chevilles le tissu de mes jupes longues, goûte le calme d'un été parisien. Dans ma grotte, je médite, je laisse aller ma rêverie, j'écris un peu, je fais quelques travaux, je range le jardin. Je m'apaise doucement et, sans le savoir, je prépare mon cœur et mon corps à la rentrée. Et à l'anniversaire de sa mort.

Dans ces jours de silence, seule, je meurs encore un peu.

Lorsque les enfants rentrent, nous nous retrouvons comme des grains de raisin en grappe. Nous faisons corps. Heureux de nous retrouver, nous nous respirons comme si nous avions été séparés longtemps. Nous sentons, sans nous le dire, cette petite trame souterraine qui avance doucement sous nos pas. L'arrivée prévue de cet anniversaire. Le 1er septembre, l'accident. Le 7, sa mort.

Nous décidons que c'est le 1er qui nous regroupera tous les trois.

Ce jour-là, nous nous rendons dans ce qui fut son atelier. Nous nous asseyons tous les trois autour d'une bougie, nous nous prenons les mains, fermons les yeux et faisons silence pendant de longues minutes en pensant à lui. L'émotion est indescriptible, je ne tenterai pas de la formuler.

Nous rouvrons les yeux au même moment, nous sourions.

Voilà. Un an. Et la certitude intime que le pire est derrière nous.

Incongru
et inapproprié

Je ferme les yeux et je choisis les cartes comme si le sort du monde en dépendait. Concentrée, grave, presque en apnée. Je voudrais ne pas y croire, et pourtant le sérieux avec lequel mes mains tâtonnent, cherchent, s'arrêtent et repartent, pourrait faire croire que je suis en train de créer mon propre destin. Comme si prophétie était création.

Les cartes sont retournées sur la toile cirée, entre deux verres de boulaouane. Meriem me regarde, les yeux brillants. Elle a la tête de celle qui sait un secret. D'une gamine qui a un bonbon acidulé dans la bouche alors que personne ne le sait.

Elle ne dit rien. Elle fixe, amusée, les cartes qui racontent quelque chose qui m'échappe.

Je sens mon cœur qui tonne et mon ventre qui attend, recroquevillé et noué. Je suis à la question. Et celle-là est grave. Il s'agit d'amour. Qu'y a-t-il de plus sérieux ? Qu'y a-t-il de plus urgent ?

Pourtant, j'ai cru qu'il ne pouvait plus être un sujet. Pourtant, j'ai cru être morte pour toujours. Mais je découvre depuis quelques semaines que non. Qu'au fur et à mesure de ma résurrection, mon cœur en redemande. Alors que mon Amour est mort. Lui, pour de vrai.

J'avais pensé qu'on ne peut pas trop en demander. Qu'après avoir eu autant de chance, on ne peut pas se la ramener. Que réclamer du rabe alors qu'on a reçu tant, ce n'est pas poli. Et puis, je pensais que mon cœur était en panne *ad vitam*. Comme si on avait une quantité limitée d'amour à donner et à recevoir pour toute une vie et que moi, j'avais mangé tout mon pain blanc. Pourtant, depuis quelque temps, il réclame. Il a faim. Il revendique ce pour quoi il est fait. Aimer. Encore. Même si c'est fou, même s'il a peur, même s'il marche à peine. Il réclame. Il veut des bras, des épaules larges, des yeux dans les siens, du peau-à-peau, du soin pour l'autre, des petits plats dans les grands, des surprises et du jeu, des mots jusqu'au bout de la nuit, des baisers et des yeux qui s'accrochent, des mains qui entraînent, des blagues qui s'inventent dans le ventre, de la rêverie les jours de pluie. Il part dans des discours sur la fidélité jusqu'à ce que la mort nous sépare, sur la vie qui pousse et s'honore, sur la préciosité de cette santé indispensable, sur cette urgence à être heureux. Alors abdiquant, hébétée et muette devant cette vitalité, je l'ai cru.

Après deux verres de vin, j'ai craché le morceau et Meriem a sorti son tarot. Et elle me regarde maintenant avec son bonbon dans la bouche.

La Roue de la fortune est face au Monde, au-dessus du 5 de deniers. Meriem se marre. On peut même dire qu'elle glousse. J'aime cette femme. Elle fait partie de ceux qui sont là. Toujours. Intelligente, sobre, le mot juste et le silence qui caresse. Elle est capable de sentir ce qui n'est pas montré, elle s'ajuste au subtil, elle écoute mon besoin de rester seule comme celui de pleurer avec. Meriem est une intellectuelle, une historienne. Pragmatique, elle croit dans les cartes. Et elles lui parlent depuis qu'elle a quinze ans. Ses yeux glissent sur elles, et en quelques secondes, elle comprend. Je suis fascinée.

Elle est donc là, en face de moi, et elle glousse. Elle attend, maligne, que je lui demande : « Alors ? » Alors !

Les mots tombent comme une énigme du Sphinx.

Une relation accomplie, avec un homme accompli, dans un contexte incongru et inapproprié, au cœur du manque.

Mes yeux s'arrondissent. Mon cœur fait le cabri. Mon cerveau tente de le raisonner. Il a peur d'avoir la foi. Accompli, oui, le Monde. Le Monde est le Graal du tarot, la réussite, l'aboutissement, la maturité, la spiritualité, bref un mixte entre Jésus, Pasteur et Johnny Weissmuller. Un type fort, quoi. Mais comment un type comme le Monde pourrait s'intéresser à moi, une Roue de la fortune en pleine sortie de route, un destin fracassé, un puzzle éparpillé qui ne reconnaît plus l'image qu'il était ?

Au cœur du manque, oui, ça, c'est logique. Un an de larmes et d'une solitude qui apprend la vie. Un manque qui appelle la mort à la rescousse, puis qui se fout de vivre, et qui enfin vous laisse perplexe devant votre élan vital. Cet élan qui malgré vous et à votre insu vous coince dans le moment présent parce que se projeter est le luxe de ceux qui ont une vie. Cet élan qui tricote un confort de ce pas à pas incapable de rien prévoir. Et qui finit par vous faire aimer ça : être face à l'inconnu, marcher lentement, contempler la vie alors que vous n'attendez rien d'elle. Le manque absolu qui finit par faire sentir le désir.

Mais un contexte incongru et inapproprié… C'est, dit Meriem, un lieu où a priori, tu n'es pas là pour rencontrer un homme. Si je ne vois pas bien ce que ce lieu peut être, j'imagine ce qu'il ne pourrait pas être. Qu'est-ce qu'un lieu approprié ? Un dîner, une sortie au théâtre, une conférence ou un colloque professionnel, un lieu de vacances, oui d'accord, je pige. Mais un lieu incongru et inapproprié ? Cela veut-il dire que je pourrais rencontrer le Monde chez mon boucher ?

À huit heures du matin, je suis réveillée par le volet de ma chambre qui se met à monter et descendre tout seul. La télécommande est dans un tiroir donc je me demande si c'est encore mon mari mort qui me fait une blague. Pourtant, dans le cœur, rien ne se passe. Pas de joie, pas de vibration particulière, rien.

J'ai appris, depuis un an, alors que je pensais que le monde des morts était réservé aux morts et celui des vivants aux vivants, qu'ils viennent parfois nous visiter. Il se passe soudain des tas de choses qui n'arrivent jamais et qui surviennent à la file pendant des mois.

Au départ, j'ai tenté, moi la rationnelle, d'expliquer, d'émettre des hypothèses scientifiques et de poser des équations réalistes, mais de guerre lasse, j'ai fini par admettre que je n'y comprenais rien. Pourtant, un indicateur est devenu, au fil des jours, comme une boussole, un pare-folie, un marqueur qui me permettait de faire la différence entre un signe et une coïncidence : une sensation nouvelle et rare au niveau du cœur qui dure quelques secondes. Comme une ouverture, une urgence joyeuse, un savoir corporel de la présence. La dernière fois que j'ai ressenti ce petit signal au fond de ma poitrine fut le jour de son anniversaire, il y a trois mois. Depuis, silence radio.

Je n'ai rien cherché. Quand il est mort, j'étais appliquée à ne pas tomber. Je ne voyais rien du monde, je me levais pour aller travailler, je faisais un pas après l'autre, je mangeais, je dormais sans me reposer, je faisais à manger à mes enfants et j'utilisais le peu d'énergie qu'il me restait pour ne pas les laisser en plan. Bref, je survivais comme quelqu'un qui vient de se prendre une pelle dans la figure. Je ne souhaite pas ça à mon pire ennemi. Que je n'ai pas.

Plus tard, j'ai lu des tas de choses là-dessus. J'ai appris que cela avait un nom scientifique, un acronyme, et que des chercheurs planchaient là-dessus depuis des années. Et qu'on était des millions à avoir vécu ça. Aucune originalité.

Alors ce matin, je sais que c'est juste un volet qui débloque.

L'électricien, monté sur une chaise, a besoin d'un tournevis. Il connaît la maison et je le suis dans l'atelier. Il s'étonne de tous ces outils. Une femme seule qui possède autant de matériel, il ne voit pas ça tous les jours. Alors il pose des questions. À qui sont tous ces outils ? J'aimerais bien lui dire qu'ils sont à moi, que je me sers régulièrement de la meuleuse et de la ponceuse à bande, qu'on m'appelle la reine de la défonceuse et que je ne sors jamais sans mon petit fer à souder. Mais ce matin est un matin chagrin. Je n'ai pas le courage de faire des blagues. Alors je dis la vérité. À mon mari, il faisait des décors pour le cinéma. Il me regarde, navré, avec ses yeux qui semblent vouloir aller plus loin dans son investigation matinale. Vous êtes séparés, demande-t-il. Non, il est mort l'année dernière. Je suis surprise de me voir tendre la main pour toucher son bras en même temps que je lui réponds. Un geste de tendresse, comme pour amortir le choc de l'annonce, comme si la mort le touchait, lui. Les larmes au bord des yeux, je lui souris alors qu'il se sent con et me dit pardon, je ne savais pas.

La plupart des couples se font la gueule au supermarché. Souvent l'homme boude parce qu'il préférerait être à la salle de sport, et la femme voit son mari à ce moment-là comme un gamin qui refuse la réalité, qui ne s'implique pas dans le quotidien, et qui n'est pas capable de mettre de la poésie dans la routine alors qu'au début, il était capable d'aimer la faire rire partout. D'ailleurs, bien souvent, l'un déserte le lieu ou bien ils se séparent pour se répartir la tâche et être plus efficaces. Nous, non. On faisait les courses ensemble. Le plus souvent.

Parfois, on ne faisait pas mieux que les autres. Je me souviens d'une dispute dans la voiture au parking pour un ticket de caisse qu'il avait paumé, nous empêchant le remboursement d'un lot de filtres Brita. Il s'était trompé de modèle, en plus. Deux fautes coup sur coup. Il me regardait avec condescendance, d'un air qui voulait dire regarde ce que tu es devenue, une ménagère de moins de quarante ans qui part en cacahuète pour 30 euros. Navrant, honteux, tellement contemporain.

Mais la plupart du temps, le quotidien était un terrain de jeu. Et au supermarché, on avait de quoi se marrer.

Aujourd'hui, je fais les courses seule. Je le vois parfois dans les rayons. Quand je dis que je le vois, je veux dire que le souvenir fait effraction devant mes yeux. Au début, ça me faisait pleurer. Maintenant, ça me réchauffe. J'ai l'impression d'avoir droit à encore un peu de lui. Je chéris ma mémoire qui me le rend chaque jour.

Ce matin, je le vois crier mon prénom fort dans le magasin pour me faire rire et honte en même temps. Je le vois me tendre un produit bio improbable et me dire : regarde ! On pourrait faire ça avec une sauce au chanvre !

Il adorait me renvoyer à mes lubies passagères, à mes grands exposés sur la santé, la clope au bec.

Je déambule avec mon caddie rempli de mes incohérences et m'arrête devant les serviettes hygiéniques et les tampons. Je me concentre, l'esprit entre deux mondes, comme si je n'avais jamais acheté ces choses, comme si le mauvais choix entre deux marques remettait le sort du monde au chaos.

C'est exactement là que je le croise. Antonin. Ou Aurélien ? Impossible de me souvenir de son prénom. Dix ans que je ne l'ai pas vu. Il n'a pas vieilli. Toujours la même bonhomie calme et satisfaite. J'imagine un dialogue incongru : Charlotte, mais ça fait une paye, tu as maigri, non, oh mais je vois que tu as toujours tes règles, ma femme prend cette marque-là...

Nos filles étaient ensemble à l'école. Nous avions sympathisé alors, déjeuné en famille une ou deux fois. Puis les filles ont grandi, leur passion amicale enfantine a laissé place au dédain de l'adolescence, qui préfère brûler les jeux au bûcher de la grande maturité, laissant les parents en carafe.

Les yeux toujours fixés sur mes Always, je prie le Ciel qu'il ne me reconnaisse pas. Pas envie de parler. Pas envie de faire la conversation. Pas envie de faire le tour de sa famille, de sa fille qui a grandi, de son boulot à la télé, et qu'est-ce qu'il fait ton fils maintenant, et sinon tout le monde va bien, ton mari, il bosse sur quoi en ce moment, ben il est mort.

Je ne sais pas pourquoi, alors qu'il est loin maintenant, que je le vois pousser son petit chariot de père de famille, je me mets à le détester. Je me dis qu'on doit s'ennuyer avec lui, qu'il a vraiment une tête de normopathe, je plains sa femme, je lui trouve un air sinistre, des hanches trop larges, un jean qui fait des plis, des cheveux ternes, bref je me mets à dézinguer le pauvre homme, qui ne mérite pas ma rage soudaine et irrationnelle. Je me dis que je deviens méchante, qu'il n'y est pour rien ce Damien, que mon cœur n'a pas besoin de se rétracter comme ça, et que ce n'est certainement pas en grognant que je rencontrerai le Monde.

Et je réalise. Je réalise, en larmes, que je lui en veux juste d'être vivant.

Un examen de contrôle, m'a dit le médecin. Juste pour voir si tout est en ordre. Si le désordre du cycle est normal. Une petite échographie pelvienne. Un petit rien. Un épiphénomène dans la vie d'une femme.

J'arrive un petit peu avant l'heure, la vessie remplie comme un ballon. Un litre absorbé une heure avant, m'a-t-on prescrit. J'ai fait comme on m'a dit, comme une bonne élève qui ne voudrait pas rater l'examen, et pendant que j'attends dans la salle d'attente, je sens mon ventre gonfler et mes sphincters à bloc. Là, je rencontre une copine. Une copine de soixante-dix ans qui est triste pour moi, qui voudrait que je lui dise comment je tiens le coup, qui me regarde avec des yeux compatissants et la tête penchée, qui s'imagine que c'est dur, qui minimise la maladie de son fils parce que ce n'est rien, finalement, à côté de ce qui m'arrive. Elle sait bien de quoi il en retournait avec mon amoureux, elle l'a vu me regarder, elle sait à quel point on s'aimait. Elle met ses soucis de côté, s'excuse presque de ne pas en avoir de plus gros que moi, prend une voix douce comme si j'étais une enfant un peu malade, et moi j'ai juste envie de lui dire, Paulette, si tu savais comme j'ai envie de pisser.

Je m'impatiente. Encore cinq minutes et je fais pipi dans mon jean. J'appelle au secours, un quart d'heure de retard, je n'en peux plus, je ne peux plus me retenir. Les jeunes femmes de l'accueil sont compatissantes, elles appellent le médecin.

Celui-ci apparaît, mon dossier dans les mains, le pas lent. Je dis mon urgence. Je le vois un peu décontenancé devant mon impatience urinaire. Il m'accompagne, puis se souvient qu'il doit passer dans le bureau pour jeter un coup d'œil sur ma dernière échographie. Je trépigne, je souffle, je lui montre que je souffre. Il fait vite, il s'excuse, il m'installe : d'abord sans enlever le pantalon, la sonde sera posée sur le ventre. Allongée sur le dos, j'ai une vue plongeante sur mon abdomen, sur un ventre de femme enceinte prête à accoucher. La sonde qui appuie sur la peau manque de me faire uriner sur la table d'examen. Le médecin, gentil, m'accompagne aux toilettes, vers lesquelles je marche lentement, sur la pointe des pieds, en chaussettes, tenant mon jean déboutonné. Soulagez-vous un peu, dit-il. Vous avez trop bu, il faut vous soulager un peu.

Curieux. Nouvelle expérience. Faire pipi un peu. Comme un coït interrompu. On sent le soulagement venir, et stop, on ressert les écrous au maximum. On se la met sur l'oreille et on la fumera plus tard.

Il a raison, c'est plus confortable. Je le regarde faire l'examen consciencieusement. Je me souviens des échographies durant mes grossesses. Dans mon ancienne vie. Deux enfants, deux fruits de l'amour qui aujourd'hui, orphelins de père, tracent leur route comme deux guerriers, courant vers leurs désirs. Je suis près d'eux et je vois bien qu'ils n'ont plus besoin de moi.

En tout cas, plus comme avant. Cela me réjouit, mais me renvoie aussi à ce qui ne sera pas vécu avec leur père. Ma fille enquille les années de fac, mon fils a eu son bac l'été dernier. Leur père n'a pas pu partager cette fierté.

Nous étions émerveillés de les voir se réaliser avec autant de détermination, tous deux repus de nos années de parents, projetant de vieillir ensemble en veillant de loin. Depuis quelques années, nous pouvions voyager en amoureux, imaginant faire une capitale par an jusqu'à être vieux et ratatinés. La dernière fut Berlin, la prochaine aurait été Vienne, pour les expositions anniversaires de Schiele.

Aujourd'hui je suis là, seule, devant l'échographe qui me demande de regarder l'écran et qui découvre mon visage en larmes. Il me rassure, tout est en ordre. Il se perd en explications, en mesures d'utérus, en stérilet qu'il faudrait songer à retirer. Je cours aux toilettes et je vide le surplus de liquide, et le surplus d'humeur.

Puis il faut investiguer de façon interne. Un petit rien. Un épiphénomène dans la vie d'une femme. Se laisser pénétrer par une machine tenue par un homme. Cet homme en a vu d'autres, cet homme fait son métier, il en voit peut-être trente par jour. Celui-ci est doux, il n'a pas oublié avec l'expérience qu'au bout de sa main, il y a une sonde, et qu'au bout de cette sonde, il y a l'intérieur d'une femme. Un intérieur qui, la dernière fois qu'il fut visité, le fut sans que cette femme sache qu'il s'agissait d'un ultime huis clos, d'un magistral adieu.

C'est une terre ferme, un lieu présent à lui-même.

C'est une bâtisse robuste qui abrite pour l'hiver et accueille toutes fenêtres ouvertes l'été.

Son odeur est celle du chaud, de la peau dans le cou, du cachemire contre une joue.

C'est un rempart doux, des bras qui serrent, une enveloppe contre l'hostile réalité.

C'est un lieu qui par tout temps me protège et m'invite.

C'est le cœur de mon existence, un exil souhaité, un voyage au jour le jour, une histoire incarnée.

C'est un train, c'est un arbre, c'est ma maison tout autour et l'intérieur de mon ventre.

C'est l'espace pour penser, le calme pour rêver, l'intime pour aimer.

C'est une lumière quand on rentre tard, un lit pour se coucher, se caresser, se mêler.

C'est ma maison, l'endroit où je reviens toujours, là où on m'attend, que je sois propre et bien élevée ou sale et toute morveuse.

C'est là que je peux me déposer, là que je suis pansée, aimée, désirée, désirante, vivante, pleine, vibrante, drôle, touchée, contenue, libre.

Et il n'existe plus.

La mort frappe les yeux. À moins que ce ne soit le trauma. Je ne sais pas. Une myopie imprévue et foudroyante qui attaque en une semaine. Deux dixièmes à chaque œil. Le premier qui me demande ce que je ne veux pas voir aura mon poing dans la figure.

Je n'ai pas vraiment pris ça au sérieux. Deux dixièmes, c'est peu. On y voit ce qu'on a besoin d'y voir. Mais petit à petit, même le désert mérite d'y voir précis. Et l'épuisement, premier symptôme brutal et incontournable du deuil, n'a pas besoin d'être augmenté par une vue qui vous tire vers le bas. Alors au bout d'un an, j'y vais. Chez Georges, le lunettier du quartier.

Il se rappelle la dernière paire de lunettes que j'avais essayée quand je suis venue, plusieurs mois plus tôt, avec mes enfants bigleux. Il est comme ça. Sa mémoire est proportionnelle à l'intérêt qu'il a pour le genre humain.

Il sait. Il me reçoit avec son empathie naturelle, sans sentimentalisme, avec l'évidence du semblable, d'une forme de fraternité simple qui pourrait faire croire qu'on est de la même famille.

Il s'implique, donne son avis, encourage sans flatter. Son sourire appelle le mien, son regard est doux et invite à la confidence. Il pose des questions, directes. Notre intimité n'est pas à la mesure des questions qu'il ose, et pourtant, alors que j'ai appris à me cabrer devant les compassions imaginaires, je me laisse faire par l'innocence de cet homme de bonne volonté.

On parle de l'amour, du couple, cette entité si difficile à maîtriser sans s'oublier. Je lui parle d'Erich Fromm, celui qui a écrit *L'Art d'aimer* si cher à mon cœur. L'amour est-il un art, demandant comme tout art travail et effort, ou est-il une sensation agréable, vouée au hasard du vent, dans laquelle on tombe et on reste, ou non, sans mouiller sa chemise ? Fromm défend l'amour comme un esthète défendrait la peinture, persuadé de l'indispensabilité de ce combat, optimiste éternel et guerrier intelligent se voulant intelligible au plus grand nombre. Un homme qui a une gueule de Monde.

On peut donc parler de tout en achetant des lunettes. Ou on peut parler de tout avec Georges. Il est un générateur d'amour, ce Georges. Un visage calme, une petite barbe bien taillée, une sérénité qui vous accueille en vrac, une sagesse qui ne s'impose ni comme un bouclier ni comme une publicité. Un homme simple qui est là, ici et maintenant, avec sa vulnérabilité, ses limites assumées, ses qualités conscientes et disponibles, sans être à disposition. Un homme accompli, ce Georges.

Georges est marié. Évidemment.

Avec un homme.

Ceinture et bretelles.

Peu importe comment nous nous sommes rencontrés. Il me sourit, assis à côté de moi dans un café parisien, face au parvis sous la pluie. Nous nous voyons pour la troisième fois, et si les premières fois m'ont semblé sans aucune importance, ce soir je le regarde comme un roi. Il est grand, ses épaules sont larges sous son pull en laine grise, son cou caché par une écharpe du même ton. Je voudrais qu'il soit mon Monde mais je sais qu'il n'est qu'un homme un peu blasé, un cœur un peu gelé par une existence qui est passée trop vite sans qu'il ait pu en saisir le trésor. Je fais taire cette déception qui voudrait naître, ce sentiment de l'inéluctable ennui d'un dialogue banal, c'est le prix à payer pour l'espérance.

Je regarde sa bouche, j'écoute son léger accent allemand si charmant. Il est beau, et sa voix est chaude et me caresse. Je pense à ce pull gris qui a l'air si doux, je touche son dos qu'il dit si douloureux.

Je voudrais tomber amoureuse, là, maintenant, comme on tombe d'une chaise. Mes yeux flirtent avec la lumière qui se reflète sur le parvis mouillé tandis que ses mots m'enveloppent. Je pose des questions, j'investigue ses réponses, je vais à la quête de l'enfoui avec l'espoir d'y trouver un diamant. Nous nous rapprochons, nos corps réduisent le vide. Sa main se pose, masse ma nuque et mon dos. Je plie sous le plaisir d'être touchée.

Il n'a aucune idée de ce que j'ai vécu, lui qui ne comprend pas le mot « abysse » en français. Il ne peut imaginer ce que ce geste répare et ce que sa main posée sur le bas de mon dos réveille. Il ne sait probablement pas non plus ce qu'ardeur veut dire dans ma langue.

Ma respiration s'accélère, mon corps se tend, je m'étire doucement, mes mains saisissent ces joues parfumées, et je dépose sur ces lèvres germaniques un baiser. Ma bouche parcourt avec une infinie douceur son nez, ses joues. Mes doigts se posent sur ses yeux, caressent son beau visage, mes yeux dans les siens. Il est saisi, et je l'embrasse à nouveau, respirant sa bouche comme on avale la fumée. Que c'est délicieux. Encore.

Une bulle. Un lieu saint. Un homme et une femme dans un café parisien. Le premier baiser d'un homme depuis la mort du mien. Le premier baiser d'un autre homme que lui depuis vingt-cinq ans.

Je suis heureuse que ce soit lui, ce bel homme aux cheveux châtains un peu hirsutes et à la voix douce. Il n'a aucune idée de ce que ce baiser pourrait dire s'il pouvait parler.

Je ne sais pas comment on dit « miracle » en allemand.

Je ne l'ai jamais revu, et c'est bien.

Aujourd'hui, de bon matin, j'ai envie de mourir.

Ce n'est pas tout à fait exact. Je pourrais dire plutôt que je n'ai pas envie de vivre. Ce n'est pas complètement exact non plus. Ce serait plutôt entre les deux : si je mourais là, maintenant, cela me serait indifférent. Si on m'annonçait une maladie grave, je n'irais pas à l'hôpital mais à Bali.

Ce n'est pas grave. Depuis qu'il est mort, ça m'arrive souvent. Je sais maintenant que ça ne dure pas, qu'il faut serrer les dents et que ça passe. Au début, c'était un état quasi permanent, avec de temps à autre des parenthèses de calme qui m'émerveillaient et pouvaient, par un effet de contraste, se transformer en une forme de béatitude. Un étonnement d'être vivante. Une joie à être.

Ce matin, donc, je me sens abstentionniste. Ça vient comme ça, sans rien qui déclenche. Je vois ma vie dévastée devant moi, mélangée aux voitures, et je rumine sur sa drôle de vacuité. J'ai toujours mes enfants, un travail qui me passionne, des amis que je choisirais encore aujourd'hui, des moments drôles et doux, des débats passionnants, une maison que j'aime encore investir… Tout ça n'est pas rien. Tout ça devrait me contenter un peu.

Mais la perte n'est pas une partie manquante de ma vie. La perte n'a pas de proportion. Elle n'est pas circonscrite. Il ne me manque pas que lui. La perte est un buvard. La perte est toute. Elle transforme chaque état, chaque moment, chaque dialogue avec mes enfants, chaque soirée avec mes amis, chaque débat passionnant, chaque seconde de vie. La perte est une mer.

C'est peut-être ça, être inconsolable.

En roulant, je fredonne la goualante du pauvre Jean. Piaf hurle dans ma tête, sans amour on n'est rien du tout. Elle a raison.

Force est de constater que malgré mes nouveaux élans amoureux sans adresse, le Monde ne se trouve pas sous le sabot d'un cheval. Je me plains. J'attends, je scrute, je regarde les hommes, je sors de chez moi, je vais vers le Monde, mais rien. Meriem est une tarologue en plastique.

J'écoute les copines célibataires et je ne devrais pas. Je m'inscris sur les sites de rencontres et je ne devrais pas. Sans lui, la vie est nulle.

La ville est grise, les moments sont des espaces dans un planning, les jours, des chiffres dans le calendrier, les mois, des couleurs qui passent. Ce matin, j'ai l'impression d'être comptable. Alors, avenue de la République, dans mon casque, je me mets à pleurer.

Un feu. Un regard vers le scooter qui s'arrête à ma droite. Des yeux bleus surpris par mon chagrin. L'homme ouvre son casque, me laissant voir une jolie barbe grisonnante. Il me fait un clin d'œil, semble comprendre quelque chose de ma vie, pince légèrement les lèvres en hochant doucement la tête et me lance : ça va aller. Il a l'air de le savoir dur comme fer.

Et cette phrase, dans ce matin froid et cette certitude tranquille, arrive comme un onguent sur mon cœur.

Il referme son casque, pose un dernier regard sur la petite chose en vrac à sa gauche, et redémarre. J'ai décidé de le croire.

Un 24 décembre, dans l'après-midi, alors que je devrais être en train de fourrer une dinde ou de farcir une praire, j'erre sur ce site de rencontres, cette secte moderne des célibataires, qui vend de l'espoir en me déprimant. Je me demande ce que je fous là. Je me demande si c'est ça ma vie, aujourd'hui : la misérable quête d'un bijou authentique dans un magasin chinois, une veille de Noël. On me dit que j'ai progressé, que j'ai couru, même. Qu'un an auparavant, j'étais au cœur de l'épouvante, marchant à peine droit, respirant comme on suffoque, incapable de regarder ni devant ni derrière. Figée sur cette interface si labile du temps présent, les pieds qui ont peur de glisser sous les graviers. On me dit que cela tient du miracle d'aimer la vie comme ça, de vouloir encore vivre et surtout aimer avec cet espoir si grand et si vif. Un an auparavant, l'idée même d'être prise dans les bras d'un homme connu, un tendre ami, me faisait me raidir et me recroqueviller. Alors ceux qui m'aiment sont fiers et heureux de me voir chevaucher une audace fébrile et courir vers un avenir amoureux. Pourtant, aujourd'hui, je suis là, face à mon écran qui n'a de lumière que technologique, et je me demande si c'est ça, une vie. Je me refuse à tourner la tête vers le passé, une existence simple et abondante, par effroi de la comparaison avec ce vide si rempli de rien : des profils qui tombent, des photos hideuses, des hommes trop vieux, trop petits, trop gros, trop normaux, avec des nœuds de cravate gros comme des pommes ou en sweat d'adolescents, des messages tutoyant ma vulnérabilité d'emblée – salut, depuis combien de temps t'es célibataire ? – ou m'apostrophant comme on hèle une fille – té charmente, tu fé koa ce soir ? Comment te dire que je passerais cette soirée sur le pic du Mont-Blanc en sous-vêtements et sans chaussettes plutôt que de la passer avec toi, comment te dire que je ne suis pas célibataire mais que j'aime un homme qui vit dans l'irréversible et que j'ai envie d'aimer un homme qui vit sur le même territoire que moi, qui est capable de me tenir le visage dans ses mains, qui ne déboule pas sur mon écran avec des chaussures pleines de boue, qui sait écrire « charmante » et qui au moins prend la peine de lire un profil.

Mais qu'est-ce que je fous là ? Je me déteste de penser tout ça, je voudrais donner une chance, ne pas juger une photo ou une faute d'orthographe, je voudrais être celle que je suis, une femme qui creuse, qui ne se laisse pas avoir par le luxe de la beauté, qui refuse l'humain en produit dérivé. Et pourtant, je fais comme les autres. Je me laisse aller à ce système qui me transforme en consommatrice de la séduction, à la fois voyeuse et aveugle, planquée et exposée comme une viande. Beurk.

C'est au moment où je me dis beurk qu'il m'envoie un message. Pas de photo, mon clic hésite à décliner. Il sait écrire ce qu'il veut dire, se sent charmé par mes mots, ose une demande, délicatement, me propose une photo. Je réponds que l'intelligence étant rare sur ce site, je veux bien, mais oui, une photo tout de même. Il est plus âgé que moi, un peu. Sa photo est simple : ni mise en avant d'une posture inhabituelle, ni bronzage de vacances au bord de la piscine d'un hôtel de luxe, un homme simple, en chemise foncée, les épaules larges – les épaules sont mon fétiche –, un sourire naturel pris sur le vif, le regard vers un autre, amusé et doux, et en sépia.

Je ne sais pas s'il est beau, mais il pourrait me plaire. Il y a quelque chose de sexy dans cette posture aux bras croisés et ce regard joyeux. Alors oui, parlons, faisons un peu connaissance avant les préparatifs du réveillon.

Les échanges sont fluides, spontanés, délicats. Il semble savoir ce qu'il veut, cet homme, et il n'a pas peur des mots. Il sait dire qu'il rêve d'une femme qu'il a envie de retenir dès la première rencontre, qu'il a besoin d'aimer et se sent prêt à donner le meilleur de lui-même pour atteindre le Graal. Il sait rire et jouer, aussi. On se quitte à regret pour fêter Noël en nous promettant de continuer à se parler le lendemain.

Le réveillon si redouté se colore d'espoir. Moi qui me rêvais à Bali pour éviter l'apnée, je saute dans la rêverie. L'épreuve devient une balade en forêt.

Le lendemain midi, un message se soucie de moi. Que cela est doux, j'avais oublié le soin de l'autre. Je plonge dans sa tendre écriture, je réponds à ses questions d'homme bien élevé qui avance à pas feutrés dans mon intimité, me vouvoyant encore, sans jamais enfreindre les limites parfois si facilement franchies dans le virtuel. Il se dévoile sans se corrompre, il investigue avec humour et finesse. Nous nous transformons en deux adolescents qui s'emmerdent un jour de Noël, accrochés à leur téléphone, gloussant à la moindre blague de l'autre. Je tente de rationaliser, de convoquer la tangibilité, je ne le connais pas, l'alchimie n'est pas virtuelle. Pourtant, les digues cèdent devant une évidence si douce et si brutale. À mon corps défendant, je choisis l'espoir.

Le soir, j'ai de la peine à m'endormir. Et si mon cœur avait été entendu, si Meriem avait lu juste, et si le Monde était dans mon téléphone ?

Au matin, un message m'invite à nouveau à me vautrer dans le fantasme. Je prends. Je sens une redoutable excitation envahir mon ventre, mes pouces pianotant de plus en plus vite. Il continue à danser aux frontières de la bonne éducation, tente une avancée à peine coquine, j'y réponds par une harmonique, il ne renchérit pas, savourant ce qu'il obtient sans vouloir en arracher davantage. Un ovni sur le mur de la banalité.

Il propose de nous rencontrer demain, si je veux bien, bien sûr. Je réponds oui, oui, oui. Trois bulles l'une sur l'autre sur l'écran de mon téléphone. Je n'y crois pas : c'est moi qui viens de faire ça. Je dois choisir le lieu. Je lui envoie trois liens : deux bars cosy à Paris et un autre à Bali. Peut-être un peu loin pour demain soir ? Il répond : nous partons tout de suite. Et je glousse comme une fille de quinze ans.

Ma nuit est agitée. La peur du réel a des bottes de sept lieues.

La journée est pire. Je me sens moite, vierge, et stupide. Je ne peux ni lire ni écrire, pour nager il fait trop froid. Je rêvasse toute la journée, je mordille le cordon de mes écouteurs, je me fais les ongles comme on écrit un prélude, avec la même application, comme si cela pouvait changer l'ordre du monde. Je prends un bain pendant trois heures, fais gommage et masque, étale une demi-bouteille de lait pour le corps, me maquille en hésitant sur les couleurs comme si la soirée allait se jouer sur l'eye-liner, bref j'étire le temps avec la fébrilité de la débutante, les pieds qui repoussent le sol et les jambes en coton.

Dans le métro, je respire comme si j'allais à l'abattoir. Je repense à la photo sépia, à cet homme qui sait naviguer entre poésie et rationalité, qui m'investit sans m'envahir et qui n'a pas peur des mots. J'arrive la première et, assise, le corps tendu vers la porte par laquelle il a promis d'entrer, je laisse mon cœur s'emballer. Il m'a dit être confiant, je m'appuie sur la force de l'autre, il est en retard et je lui pardonne. J'envoie un « j'y suis », il me répond « j'arrive ». Je sautille dans ma peur comme un labrador.

Ce chien pourrait à coup sûr être mon animal totem : affectueux, enthousiaste, doux et un brin perché. Il court vers ceux qu'il aime ou vers son destin avec la fougue d'un désespéré, et parfois il se prend des baies vitrées en pensant qu'il peut passer. Alors il pleure, se relève, et court à nouveau avec la mémoire d'un poisson rouge. Les dobermans le pensent crédule. Mais ils se trompent. Il a choisi l'espérance.

Le labrador attend donc son labrador rêvé dans ce bar d'un palace en plein Paris, le regard accroché au portillon tournant, le cœur en papillote.

L'homme entre dans le hall. Je reconnais le sourire de la photo sépia, mon ventre se serre, car c'est la seule chose qui m'est familière. L'homme sépia a pris dix ans et probablement dix kilos. Le front à peine dégarni est aujourd'hui une calvitie qui a érodé tout le haut de son crâne, sans que le reste soit taillé ou rasé. Il semble tout à coup minuscule, avec son petit manteau bleu marine et son écharpe mal assortie. Mon labrador est un basset hound. L'homme aux bras croisés aux épaules larges et au sourire sexy ressemble à un fonctionnaire du ministère des Finances.

Le labrador est gentil. Il ne sait pas partir en claquant la porte et en criant qu'on lui a menti. Il pense l'autre distrait, donne des circonstances atténuantes : l'homme seul ne s'est pas vu vieillir, il n'a pas cherché à mentir, il a juste laissé la casserole sur le feu sans penser à mal.

Je veux rester celle que je suis : je cache ma déconvenue, je laisse la mauvaise surprise dans ma poche, je souris, le cœur bouilli.

Deux heures à attendre en vain que le sépia reprenne le dessus. Deux heures d'ennui où minute après minute, je vois la magie de Noël se diluer dans l'arnaque involontaire. Deux heures volées face à un homme acquis qui ressemble à mon oncle.

Parfois, je voudrais être un doberman. Je l'aurais bouffé.

Il fait froid et il pleut. Je marche ce matin vers la fondation Vuitton pour voir les œuvres d'Egon Schiele. Seule.

On m'a bien proposé de m'accompagner, mais je ne vois personne d'autre que lui avec qui j'aurais pu venir. Je crois que j'aurais mordu si quelqu'un avait insisté. Personne ne l'a fait.

Schiele était notre chanson. Il est le témoin de nos racines. Il nous regardait quand on s'est rencontrés.

C'était en juillet 1993, lors d'un spectacle à Carcassonne auquel nous participions tous les deux. Il avait déjà eu de nombreuses aventures qui l'avaient diverti, je butinais les hommes avec innocence, tombant amoureuse pour toute la vie pendant quelques semaines. Mon regard s'est à peine arrêté devant ce jeune homme trop blond, trop éthéré, trop jeune aussi. Je le trouvais lisse avec ses yeux bleus et sa démarche nonchalante. J'étais bien trop remplie de moi-même pour percevoir sa douceur et sa finesse. Jeune femme libre qui se grise de séduire et s'enivre du plaisir de la conquête, je le voyais à peine, le laissant d'abord approcher comme un camarade qui me faisait rire. L'été autorisait la volupté des corps à peine couverts, encourageait la légèreté et l'insouciance, et je goûtais à ce délicieux théâtre, ivre de soleil et d'insolence, jusqu'à ce qu'un soir, il sortît de sa poche les photos de ses peintures. Je le vois encore, inconscient du trésor qu'il me tend, décalé dans cette ambiance de fête, dans le bruit des verres et des rires, me confier, sans même attendre mon admiration, l'objet de son travail et de sa quête d'absolu qui irisait ses portraits, ses mines aux regards captivants et ses corps à la musculature torse.

Je suis tombée amoureuse à ce moment précis. Même si je n'en ai pas eu conscience dans l'instant, mon cœur se rappelle la sidération, suivie d'une sensation de chute. La musique, les amis, l'ivresse ont soudainement disparu. J'ai posé ma main sur son genou, je l'ai regardé et je l'ai vu pour la première fois.

Sa peinture révélait ce qu'il s'efforçait de cacher pour pouvoir traverser l'existence à l'abri. Je ne connaissais rien ni aux peintres ni à l'histoire de l'art, mais ce qui m'était montré me bouleversait tant les traits et les couleurs criaient la vulnérabilité qui, pudique, se mélange à la couleur pour se dire sans encombrer.

Il y avait quelque chose de Schiele dans ce qu'il peignait. Plus tard, je courais le rejoindre au dernier étage de son immeuble proche du square de la Goutte d'Or, je me déshabillais et restais des heures, sage et fixe, enveloppée du concert de Cologne de Keith Jarrett ou de la voix de Sting. J'observais son visage devenir autre, se voiler d'une ombre qui rendait ses traits graves dans une concentration abyssale tandis qu'il me croquait, me créait entre quatre lignes blanches. Cette expression contrastait avec mon regard toujours tourné vers l'autre, l'extérieur, la vie, la rencontre. Le sien restait loin des choses du monde, tourné vers le foyer interne de sa créativité comme s'il marchait à l'intérieur de lui-même, allant d'une source à une autre, à la quête de cette matière ogresse qui demandait sans cesse à être renouvelée, transformée, auto-engendrée. Il y avait quelque chose de Schiele dans ses peintures, mais il y avait aussi quelque chose de Schiele dans cet homme qui tentait avec la force des courageux d'apprécier la vie, les choses du monde, souriant à ce qu'on lui donnait mais sans jamais vraiment jouer à vivre, une petite mélancolie qui fuitait à bien le regarder, une difficulté à se nourrir pleinement des choses simples et légères, un retrait en lui-même, une maison dans la maison.

Il admirait Schiele et me l'a fait découvrir, à travers les livres d'art. J'ai lu son histoire, me suis approprié cette admiration. C'est ce qui se passe quand on aime. Le peintre a traversé notre histoire comme une figure intemporelle, un adopté chef de file d'autres artistes, des auteurs, des musiciens, d'autres dieux qui peuplent les maisons.

La veille au soir de l'accident, alors que nous étions couchés et qu'il s'était déjà endormi – il allait se lever pour la dernière fois à 4 h 45 –, je regardais dans le noir sur mon téléphone la date des expositions Schiele à Vienne, au printemps. Faut-il être candide pour prévoir les choses si loin. Je me suis endormie à côté de mon amour et rêvant à Schiele. Dans l'innocence la plus béate.

Ce matin, je suis émue avant même d'entrer dans la salle d'exposition. Au premier croquis, mon corps se met à trembler. Devant chaque œuvre, mon regard boit les lignes de mine de plomb, dévore l'expression des portraits et des postures tordues, se repaît de ce fil invisible noué à mon nombril, un cordon animique qui fait le lien entre lui et moi. Ma respiration fait soufflet, chassant les larmes des retrouvailles. Une joie profonde fait alliance à mon chagrin, comme si je croisais un frère au cœur du manque, me jetant dans ses bras et respirant son réconfort, tout en sachant qu'il faut bien sûr nous quitter bientôt.

Encore. Encore un peu, je te respire, je te garde en mémoire tout au creux, encore tu es là, encore une minute, s'il te plaît… Je pourrais entendre Sting chanter *I Burn for You*, ou Keith Jarrett jouer à Cologne. Je continue devant chaque tableau de boire à ce sein si chaud, avalant chaque gorgée car ce sont les dernières, je suis tout en regard, tout en bouche, tout en ventre et tout en cœur devant les couleurs, les visages cassés, les corps ondulés. Je m'accroche, respirant ce commun qui fait corps, comme revenu de l'irréversible, je me voudrais seule avec lui, loin du bruit des communs des mortels qui sont là pour voir un peintre. Je voudrais hurler qu'ils s'en aillent tous, que je puisse pleurer en touchant le relief de sa peinture, dévorant son talent, entourée de mes souvenirs. Je crois même que je pourrais m'asseoir au milieu des œuvres et me mettre à prier.

En sortant, bouleversée, comme arrachée à un tendre ami, je sais que j'ai admiré Schiele pour deux, et que ces retrouvailles sont un ultime adieu.

Remerciements

Merci à Delphine Mozin Santucci, pour avoir accueilli ce texte avec sensibilité, délicatesse et intelligence et avoir permis sa publication.

Merci à Lisa Liautaud et Philippe Robinet, de Calmann-Lévy, pour avoir choisi de publier ce texte et ainsi d'œuvrer à rendre à la mort sa juste place, c'est-à-dire dans la vie.

Merci à Hugo Boris, mon premier lecteur, correcteur rigoureux et attentif, ami bienveillant et encourageant, et écrivain si talentueux.

Merci à mon père, ma belle-famille, mes amis, qui furent des lecteurs sensibles après avoir été des appuis robustes lorsque je menaçais de tomber.

Merci à la vie de me donner l'occasion d'exprimer cette gratitude.

Achevé d'imprimer en février 2021
par CPI BUSSIÈRE (18200 Saint-Amand-Montrond)
pour le compte des Éditions Calmann-Lévy
21, rue du Montparnasse, 75006 Paris

N° d'éditeur : 7947648/02
N° d'imprimeur : 2056234
Dépôt légal : avril 2021
Imprimé en France.